历代笔记小说大观

东轩笔录
嬾真子录

[宋] 魏泰 马永卿 撰　田松青 校点

图书在版编目(CIP)数据

东轩笔录　嬾真子录／(宋)魏泰　马永卿撰；
田松青校点. —上海：上海古籍出版社，
2012.12(2023.8 重印)
(历代笔记小说大观)
ISBN 978-7-5325-6321-0

Ⅰ.①东… ②嬾… Ⅱ.①魏… ②马… ③田… Ⅲ.
①笔记小说-小说集-中国-宋代 Ⅳ.①I242.1

中国版本图书馆 CIP 数据核字(2012)第 045011 号

历代笔记小说大观

东轩笔录　嬾真子录

[宋]魏泰　马永卿　撰

田松青　校点

上海古籍出版社出版发行

(上海市闵行区号景路 159 弄 1-5 号 A 座 5F　邮政编码 201101)

(1) 网址：www. guji. com. cn

(2) E-mail：guji1@guji. com. cn

(3) 易文网网址：www. ewen. co

常熟文化印刷有限公司印刷

开本 635×965　1/16　印张 8.75　插页 2　字数 117,000

2012 年 12 月第 1 版　2023 年 8 月第 2 次印刷

印数：2,101—3,200

ISBN 978-7-5325-6321-0

I·2475　定价：22.00 元

如有质量问题,请与承印公司联系

总　目

东 轩 笔 录

［宋］魏　泰　撰

田松青　校点

校 点 说 明

　　《东轩笔录》十五卷，宋魏泰撰。泰字道辅，号溪上丈人，晚号临汉隐居，襄阳（今属湖北）人。曾布妻弟。生活于神宗、哲宗、徽宗时期。为人无行，因依仗布势而为乡里患苦。数举进士不第，曾因忿争而殴主考官，坐是不许取应。章惇为相，欲荐以官，不就。博极群书，恃才傲物，有口辩，工文章。著作除本书外，另有《续录》一卷、《订误集》二卷、《书可记》一卷、《襄阳题咏》二卷、《临汉隐居集》二十卷、《襄阳形胜赋》等，今仅存《东轩笔录》、《诗话》及诗四首。

　　魏泰喜谈论朝野间事，又常与王安石、王安国、王雱、黄庭坚、黄大临、徐禧、章惇等交游，故书中所记多为北宋太祖至神宗六朝间的朝野遗闻，尤以王安石变法最有史料价值。书中对当时朝臣趋炎附势、贪污受贿等诸多丑恶现象亦有揭发；卷十所记宋英宗庇护皇亲之事，尤为他书所未敢道。然书中亦有失实之处，《旧闻证误》、《容斋随笔》等均有驳正。另书中亦多小说故事，并多为后世戏曲、小说所取材演义。

　　本书《郡斋读书志》著录为十五卷。今有明嘉靖本、《稗海》本、《四库全书》本、《笔记小说大观本》、《说郛》本等（各本皆有佚文，可参见中华书局 1983 年版校点本的"佚文"部分）。此次校点，以《稗海》本为底本，校以他书，凡底本有误者，皆据校本改正，不出校记。

目　录

卷之一

　　太祖皇帝得天下，破上党，取李筠，征维扬，诛李重进，皆一举荡灭，知兵力可用，僭伪可平矣。尝语太宗曰："中国自五代以来，兵连祸结，帑廪虚竭，必先取西川，次及荆、广、江南，则国用富饶矣。今之勍敌，正在契丹，自开运已后，益轻中国。河东正扼两蕃，若遽取河东，便与两蕃接境。莫若且存继元，为我屏翰，俟我完实，取之未晚。"故太祖末年始征河东，太宗即位，即一举平晋也。

　　钱俶初入朝，既而赐归国，群臣多请留俶，而使之献地。太祖曰："吾方征江南，俾俶归治兵，以攻其后，则吾之兵力可减半。江南若下，俶敢不归乎？"既而皆如所处。

　　武陵、辰阳、澧阳、清湘、邵阳五州，各有蛮瑶保聚，依山阻江，迨十余万。在马希范、周行逢时，数出寇边，以至围逼辰、永二州，杀掠民畜，岁岁不宁。太祖既下荆、湖，思得通蛮情、习险扼而勇智可任者，以镇抚之。有辰州瑶人秦再雄者，长七尺，武健多谋，在周行逢时，屡以战斗立功，蛮党伏之。太祖召至阙下，察知可用，因以一路之事付之。起蛮酋，除辰州刺史，官其一子为殿直，赐予甚厚，仍使自辟吏属，尽予一州租赋。再雄感慨异恩，誓死报效，至州日，训练土兵，得三千人，皆能被甲渡水、历山飞堑、捷如猿猱。又选亲校二十人，分使诸蛮，以传朝廷怀俫之意，莫不从风而靡，各得降表以闻。太祖大喜，再召至阙，面加奖激。再雄伏地流涕，呜咽不胜。改辰州团练使。又以其门客王允成为本州推官。再雄尽瘁边圉，故终太祖世，无蛮貊之患，五州连袤数千里，不增一兵，不费帑庾，而边境妥安，由神机驾驭用一再雄而已。

　　陈抟字图南，有经世之才，生唐末，厌五代之乱，入武当山，学神仙导养之术，能辟谷，或一睡三年。后隐于华山。自晋、汉已后，每闻一朝革命，则嚬蹙数日；人有问者，瞪目不答。一日，方乘驴游华阴，市人相语曰："赵点检作官家。"抟惊喜大笑，人问其故，又笑曰："天下这回定叠也!"太祖事周为殿前都点检,抟尝见天日之表,知太平自此始耳。

雷德骧判大理寺,因便殿奏事,太祖方燕服,见之,因问曰:"古者以官奴婢赐臣下,遂与本家姓,其意安在?"德骧曰:"古人制贵贱之分,使不可渎,恐后世谱牒不明,有以奴主为婚者。"太祖大喜曰:"卿深得古人立法意。"由是叹重久之。自后,每德骧奏事,虽在燕处,必御袍带以见。

周世宗寿春之役,太祖为将,太宗亦在军中,是时寿春久不下,世宗决淮水灌其城。一日,艺祖、太宗及节度武行德共乘小艇,游于城下,艇中唯有一卒司镣炉,世谓之茶酒司,一矢而毙,太祖、太宗安坐以至回舟,矢石终不能及。

太祖、太宗下诸国,其伪命臣僚忠于所事者,无不面加奖激,以至弃瑕录用,故徐铉、潘眘修辈皆承眷礼。至如卫融、张洎应答不逊,犹优假之,故虽疏远寇仇,无不尽其忠力。太平兴国中,吴王李煜薨,太宗诏侍臣撰吴王神道碑。时有与徐铉争名而欲中伤之者,面奏曰:"知吴王事迹,莫若徐铉为详。"太宗未悟,遂诏铉撰碑。铉遽请对而泣曰:"臣旧事李煜,陛下容臣存故主之义,乃敢奉诏。"太宗始悟让者之意,许之。故铉之为碑,但推言历数有尽,天命有归而已。其警句云:"东邻遘祸,南箕扇疑。投杼致慈亲之惑,乞火无里妇之谈。始劳因垒之师,终复涂山之会。"又有偃王仁义之比,太宗览读称叹。异日复得铉所撰《吴王挽词》三首,尤加叹赏,每对宰臣称铉之忠义。《吴王挽词》今记者二首,曰:"倏忽千龄尽,冥茫万事空。青松洛阳陌,芳草建康宫。道德遗文在,兴衰自古同。受恩无补报,反袂泣途穷。""土德承余烈,江南广旧恩。一朝人事变,千古信书存。哀挽周原道,铭旌郑国门。此生虽未死,寂寞已消魂。"李主葬北邙,《江南录》乃铉与汤悦奉诏撰,故有邻国信书之句。东邻谓钱俶也。

太祖幸西都,肆赦。张文定公齐贤时以布衣献策,太祖召至便坐,令面陈其事。文定以手画地,条陈十策。内四说称旨,文定坚执其六说皆善。太祖怒,令武士拽出。及车驾还京,语太宗曰:"我幸西都,唯得一张齐贤耳。我不欲爵之以官,异时汝可收之,使辅汝为相也。"至太宗初即位，放进士榜，决欲置于高等，而有司偶失抡选，置第三甲之末，太宗不悦。及注官，有旨一榜尽与京官通判。文定释褐将作监丞、通判衡州，十年果为相。

陶毂，自五代至国初，文翰为一时之冠。然其为人，倾险狠媚，自汉初始得用，即致李崧赤族之祸，由是缙绅莫不畏而忌之。太祖虽不喜，然藉其词华足用，故尚置于翰苑。毂自以久次旧人，意希大用。建隆以后，为宰相者往往不由文翰，而闻望皆出毂下。毂不能平，乃俾其党与，因事荐引，以为久在词禁，宣力实多，亦以微伺上旨。太祖笑曰："颇闻翰林草制，皆检前人旧本，改换词语，此乃俗所谓'依样画葫芦'耳，何宣力之有？"毂闻之，乃作诗书于玉堂之壁，曰："官职须由生处有，才能不管用时无。堪笑翰林陶学士，年年依样画葫芦。"太祖益薄其怨望，遂决意不用矣。

太宗以元良未立，虽意在真宗，尚欲遍知诸子，遂命陈抟历抵王宫，以相诸王。抟回奏曰："寿王真他日天下主也。臣始至寿邸，见二人坐于门，问其姓氏，则曰张旻、杨崇勋，皆王左右之使令。然臣观二人，他日皆至将相，即其主可知。"太宗大喜。是时，真宗为寿王。异日，张旻侍中，杨崇勋使相，皆如抟之相也。

真宗天纵睿明，博综文学，尤重儒术，凡侍从之臣每因赐对，未始不从容顾问。真宗善设论，虽造次应答，皆典雅有伦。当时儒学之士，擢为侍从，则有终身不为外官者。杜镐以博学尤承眷礼，晚年苦肺疾，累乞闲地，真宗不允。至数年加剧，又于便坐恳述，真宗曰："卿自择一人，学术可以代卿者。"镐于是荐戚纶以代。又逾年，未及得请而卒。

真宗圣性好学，尤爱文士。即位之初，王禹偁为知制诰，坐事责守黄州，谢上表有"宣室鬼神之问，岂望生还；茂陵封禅之书，唯期身后"之语。真宗览表，惊其词之悲，方欲内徙，会黄州境有二虎斗而食其一，占者以为咎在守土之臣，遽有旨移守蕲州，以避其变，敕下而禹偁死矣。

澶渊之役，王超、傅潜兵力弗支，遂致中外之议不一，至有以北戎狙开运之胜闻于上者。唯寇莱公准首乞亲征，李沆、宋湜赞之，然而群下终以未必胜为言。时陈尧叟请幸蜀，王钦若乞幸江南。真宗一夕召寇莱公语曰："有人劝朕幸江南与西川者，卿以为如何？"莱公答曰："不知何人发此二谋？"真宗曰："卿姑断其可否，勿问其人也。"莱公曰："臣欲得献策之人，斩以衅鼓，然后北伐耳。"真宗默然而悟，遂决澶渊之行。

真宗次澶渊，一日，语莱公曰："今虏骑未退，而天雄军截在贼后，万一陷没，则河朔皆虏境也。何人可为朕守？"魏莱公曰："当此之际，无方略可展。古人有言：知将不如福将。臣观参知政事王钦若福禄未艾，宜可为守。"于是即时进熟敕。退召王公于行府，谕以上意，授敕俾行。王公茫然自失，未及有言，莱公遽曰："主上亲征，非臣子辟难之日。参政为国柄臣，当体此意。驿骑已集，仍放朝辞，便宜即途，身乃安也。"遽酌大白饮之，命曰"上马杯"。王公惊惧，不敢辞，饮讫拜别。莱公答拜，且曰："参政勉之，回日即为同列也。"王公驰骑入天雄，方戎虏满野，无以为计，但屯塞四门，终日危坐。越七日，虏骑退，召为中书门下平章事、集贤殿大学士，如莱公之言也。或云：王公数进疑辞于上前，故莱公因事出之，以成胜敌之绩耳。

虏犯澶渊，傅潜坚壁不战，河北诸郡城守者，多为蕃兵所陷。或守城，或弃城出奔。当是时，魏能守安肃军，杨延朗守广信军，乃世所谓"梁门、遂城"者也。二军最切虏境，而攻围百战不能下，以至贼退出界，而延朗追蹑转战，未尝衄败。故时人目二军为"铜梁门、铁遂城"，盖由二将善守也。

仁宗圣性仁恕，尤恶深文，狱官有失入人罪者，终身不复进用。至于仁民爱物，孜孜唯恐不及。一日晨兴，语近臣曰："昨夕因不寐而甚饥，思食烧羊。"侍臣曰："何不降旨取索？"仁宗曰："比闻禁中每有取索，外面遂以为例。诚恐自此逐夜宰杀，以备非时供应，则岁月之久，害物多矣。岂可不忍一夕之馁，而启无穷之杀也？"时左右皆呼万岁，至有感泣者。

景德末年，天书降左承天门鸱尾上，既而又降于朱能家，于是改元祥符，作玉清昭应宫，建宝符阁，尽裒天书，置阁中。虽上意笃信，而臣下或以为非，若孙奭、张咏，尤极诋讪。未几，朱能谋叛天下，愈知其诈。至真宗上仙,王文正公曾当国,建议以为天书本为先帝而降,不当留在人间。于是尽以葬于永定陵,无一字留者。文正之识虑微密,皆如此也。

卷之二

唃厮啰,唐吐蕃赞普之后,据邈川之宗哥城,尽有河隍之地。祥符中,用蕃僧立遵之策,将众十万,穿古渭州入寇。时曹玮以引进使知秦州,领骑卒六千,守伏羌城。闻贼已过毕利城,玮率诸将渡渭逆之,遂合战于三都谷。贼军虽众,然器甲殊少,在后者所持皆白梼毛连,以备劫虏而已。玮知其势弱不足畏,欲以气陵之,自引百骑穿贼阵,出其后,升高指挥,军中鼓噪夹击,贼大溃,斩首三千级。明日,视林薄间,中伤及投崖死者万计。玮之威名由是大震,唃氏自此衰弱矣。

冯拯之父为中令赵普家内知,内知盖勾当本宅事者也。一日,中令下帘独坐,拯方十余岁,弹雀于帘前,中令熟视之,召坐与语。其父遽至,惶恐谢过,中令曰:"吾视汝之子,乃至贵人也。"因指其所坐榻,曰:"此子他日当至吾位。"冯后相真宗、仁宗,位至侍中。

丁谓有才智,然多希合上旨,天下以为奸邪。及稍进用,即启迪真宗以神仙之事,又作玉清昭应宫,耗费国帑,不可胜纪。谓既为宫使,夏竦以知制诰为判官。一日,宴官僚于斋厅,有杂手伎俗谓弄碗注者,献艺于廷。丁顾语夏曰:"古无咏碗注诗,舍人可作一篇。"夏即席赋诗曰:"舞拂挑珠复吐丸,遮藏巧便百千般。主公端坐无由见,却被旁人冷眼看。"丁览读变色。

种放隐终南山,往华山访陈抟。抟闻其来,倒屣迎之。既即坐,熟视曰:"君他日甚显,官至丞郎。"种曰:"我之来也,求道义之益,而乃言及爵禄,非我意也。"陈笑曰:"人之贵贱,莫不有命,贵者不可为贱,亦犹贱者不可为贵也。君骨法合为此官,虽晦迹山林,终恐不能安耳。今虽不信,异日当自知之。"放不怿而去。至真宗时,以司谏召至阙下,及辞还山,迁谏议大夫,东封,改给事中,西祀,改工部侍郎而卒,竟如抟之相也。

寇莱公始与丁晋公善,尝以丁之才荐于李文靖公沆屡矣,而终未用。一日,莱公语文靖曰:"准屡言丁谓之才,而相公终不用,岂其才不足用耶?抑鄙言不足听耶?"文靖曰:"如斯人者,才则才矣,顾其为人,可使之在人上乎?"莱公曰:"如谓者,相公终能抑之使在人下乎?"文靖笑曰:"他日后悔,当思吾言也。"晚年与寇权宠相轧,交至倾夺,竟有海康之祸,始伏文靖之识。

王克正仕江南,历贵官,归本朝,直舍人院。及死,无子,其家修佛事为道场,唯一女十余岁,缞绖跪捧手炉于像前。会陈抟入吊,出语人曰:"王氏女,吾虽不见其面,但观其捧炉手相甚贵。若是男子,当白衣入翰林;女子嫁即为国夫人矣。"后数年,陈晋公恕为参知政事,一日,便坐奏事,太宗从容问曰:"卿娶谁氏,有几子?"晋公对曰:"臣无妻,今有二子。"太宗曰:"王克正江南旧族,身后唯一女,颇闻令淑,朕甚念之,卿可作配。"晋公辞以年高,不愿娶。太宗敦谕再三,晋公不敢辞,遂纳为室。不数日,封郡夫人,如陈之相也。

鞠咏为进士,以文受知于王公化基。及王公知杭州,咏擢第,释褐为大理评事,知杭州仁和县。将之官,先以书及所作诗寄王公,以谢平昔奖进,今复为吏,得以文字相乐之意。王公不答。及至任,略不加礼,课其职事甚急。鞠大失望,于是不复冀其相知,而专修吏干矣。其后王公入为参知政事,首以咏荐。人或问其故,答曰:"鞠咏之才,不患不达。所忧者气峻而骄,我故抑之,以成其德耳。"鞠闻之,始以王公为真相知也。

太宗欲周知天下之事,虽疏远小臣,苟欲询访,皆得登对。王禹偁大以为不可,上疏,略曰"至如三班奉职,其卑贱可知,比因使还,亦得上殿"云云。当时盛传此语。未几,王坐论妖尼道安、救徐铉事,责为商州团练副使。一日,从太守赴国忌行香,天未明,仿佛见一人紫袍秉笏,立于佛殿之侧。王意恐官高,欲与之叙位,其人敛板曰:"某即可知也。"王不晓其言而问之,其人曰:"公尝疏云:'三班奉职,卑贱可知。'某今官为借职,是即可知也。"王怃然自失,闻者莫不笑。

陈晋公恕自升朝入三司为判官,既置盐铁使,又为总计使,洎罢参政,复为三司使,首尾十八年,精于吏事,朝廷籍其才。晚年多病,乞解利权,真宗谕曰:"卿求一人可代者,听卿去。"是时,寇莱公罢枢密副使归班,晋公即荐以自代。真宗用莱公为三司使,而晋公为集贤殿学士判院事。莱公入省,检寻晋公前后改革创立事件,类为方册,及以所出榜示,别用新板题扁,躬至其第,请晋公判押。晋公亦不让,一一与押字既,而莱公拜于庭下而去,自是计使无不循其旧贯。至李谘为三司使,始改茶法,而晋公之规模渐革,向之榜示亦稍稍除削,今则无复有存者矣。

丁晋公为玉清昭应宫使,每遇醮祭,即奏有仙鹤盘舞于殿庑之上。及记真宗东封事,亦言宿奉高宫之夕,有仙鹤飞于宫上。及升中展事,而仙鹤迎舞前导者,塞望不知其数。又天书每降,必奏有仙鹤前导。是时莱公判陕府,一日,坐山亭中,有乌鸦数十,飞鸣而过。莱公笑顾属僚曰:“使丁谓见之,当目为玄鹤矣。”又以其令威之裔,而好言仙鹤,故但呼为“鹤相”,犹李逢吉呼牛僧孺为“丑座”也。

张文定公齐贤以右拾遗为江南转运使,一日家宴,一奴窃银器数事于怀中,文定自帘下熟视不问。尔后文定三为宰相,门下厮役往往皆得班行,而此奴竟不沾禄。奴乘间再拜而告曰:“某事相公最久,凡后于某者皆得官矣,相公独遗某何也?”因泣下不止。文定悯然语曰:“我欲不言,尔乃怨我。尔忆江南日盗吾银器数事乎?我怀之三十年,不以告人,虽尔亦不知也。吾备位宰相,进退百官,志在激浊扬清,安敢以盗贼荐耶?念汝事我久,今予汝钱三百千,汝其去吾门下,自择所安。盖吾既发汝平昔之事,汝宜有愧于吾,而不可复留也。”奴震骇,泣拜而去。

鼎州北百里有甘泉寺,在道左。其泉清美,最宜瀹茗,林麓回抱,境亦幽胜。寇莱公谪守雷州,经此酌泉,志壁而去。未几,丁晋公窜朱崖,复经此礼佛,留题而行。天圣中,范讽以殿中丞安抚湖外,至此寺,睹二相留题,徘徊慨叹,作诗以志其旁曰:“平仲酌泉方顿辔,谓之礼佛继南行。层峦下瞰岚烟路,转使高僧薄宠荣。”

苏易简特受太宗顾遇,在翰林恩礼尤渥,其子作《续翰林志》,叙之详矣。然性特躁进,罢参政,为礼部侍郎、知邓州,才逾壮岁,而其心郁悒,有不胜闲冷之叹。邓州有老僧,独处郊寺,苏赠诗曰:“憔悴二卿三十六,与师气味不争多。”又移书于旧友曰:“退位菩萨难做。”

竟不登强仕而卒。世言躁进者有夏侯嘉正，以右拾遗为馆职，平生好烧银而乐文字之职，常语人曰："吾得见水银银壹钱、知制诰一日，无恨矣。"然二事俱不谐而卒。钱僖公惟演自枢密使为使相，而恨不得为真宰，居常叹曰："使我得于黄纸尽处押一个字，足矣。"亦竟不登此位。旧制：学士以上，并有一人朱衣吏引马，所服带用黄金，而无鱼；至入两府，则朱衣二人引马，谓之双引，金带悬鱼，谓之重金矣。世传馆阁望为学士者赋诗云："眼里何时赤，腰间甚日黄。"及为学士，又作诗曰："眼赤何时两，腰黄几日重。"谓双引重金也。"眼前何日赤，腰下几时黄"，白乐天诗也。

夏郑公竦以父殁王事，得三班差使，然自少好读书，攻为诗。一日，携所业，伺宰相李文靖公沆退朝，拜于马首而献之。文靖读其句，有"山势蜂腰断，溪流燕尾分"之句，深爱之，终卷皆佳句。翌日，袖诗呈真宗，及叙其死事之后，家贫，乞与换一文资，遂改润州金坛主簿。后数年，举制科，对策廷下，有老宦者前揖曰："吾阅人多矣，视贤良，他日必贵，乞一诗，以志今日之事。"因以吴绫手巾展于前。郑公乘兴题曰："帘内衮衣明黼黻，殿前旌旆杂龙蛇。纵横落笔三千字，独对丹墀日未斜。"是年制策高等。平生好为诗，皆有所属。初罢枢府，为南京留守，时有忌疾之者，到部作诗曰："造化平分何大钧，腰间新佩玉麒麟。南湖日夜栽桃李，准拟睢阳过十春。"又曰："海雁桥边春水深，略无尘土到花阴。忘机不管人知否，自有沙鸥信此心。"晚年流落，仇敌益众，而抨弹之疏不辍上闻，因作诗送一台官曰："弱羽轻弦势未安，孤飞殊不碍鹓鸾。黄金自有双南贵，莫与游人作弹丸。"始王沂公曾当国，郑公为翰林学士，欲撼之，因作《青州诗》曰："日上西山舞鸾鹤，波翻碧海斗蛟龙。直钩到了成何事，消得君王四履封。"以沂公青人故也。

真宗晚年欲策后，时王旦为宰相，赵安仁参知政事，将问执政，会王旦告病去，遂独问安仁曰："朕欲以贤妃刘氏为后，卿意何如？"赵对曰："刘氏出于侧微，恐不可母仪天下。"真宗不怿。翌日，以赵之语告王冀公钦若，冀公曰："陛下姑问安仁，意欲以何人为后。"异时，上果以冀公之言问，赵对曰："德妃沈氏乃先朝宰相沈伦之家，宜可以作配圣主。"真宗翌日以语冀公,冀公曰:"臣固知如此。盖赵安仁尝为沈伦门客。"真宗深以为然。未几,罢安仁参知政事,转钦若一官,为天书扶持使;刘氏竟立,即明肃太后也。冀公权宠自此愈固。

李太后始入掖廷,才十余岁,唯有一弟七岁,太后临别,手结刻丝鞶囊与之,拍其背泣曰:"汝虽沦落颠沛,不可弃此囊。异时我若遭遇,必访汝,以此为物色也。"言讫,不胜呜咽而去。后其弟佣于凿纸钱家,然常以囊悬于胸臆间,未尝斯须去身也。一日,苦下痢,势将不救,为纸家弃于道左。有入内院子者,见而怜之,收养于家。怪其衣服百结,而胸悬鞶囊,因问之,具以告。院子者愁然惊异,盖尝受旨于太后,令物色访其弟也。复问其姓氏、小字、世系甚悉,遂解其囊。明日,持入示太后,及具道本末。是时,太后封宸妃,时真宗已生仁宗皇帝矣,闻之悲喜,遽以其事白真宗,遂官之,为右班殿直,即所谓李用和也。及仁宗立,太后上仙,谥曰"章懿",召用和擢以显官,后至殿前都指挥使,领节钺、赠陇西郡王,世所谓李国舅者是也。

杨景宗即章睿太后弟也。太后既入掖廷,景宗无赖,以罪隶军营务,黥墨其面,至无见肤。真宗幸玉清昭应宫,将还内,而六宫皆乘金车迎驾于道上。景宗以役卒立御沟之外,太后车中指景宗,令问其姓氏骨肉,景宗具以实对,太后泣于车中。景宗唯知其女兄在掖廷,疑其是也,遽呼太后小字及行第,太后大哭曰:"乃吾弟也。"即日上言,官之以右班殿直,后至观察留守。后景宗既在仕,遂用药去其黥痕,无芥粟存者,既贵而肥皙如玉。性恣横,好以木挝击人,世谓之"杨骨槌"云。始丁晋公作相,造宅于保康门外,景宗时以役夫荷土筑地。及晋公事败,籍没入官,晚年以宅赐景宗,其正寝乃向日荷土所筑之地也,世叹异之。又见十五卷。

卷之三

天禧末，真宗寝疾，章献明肃太后渐预朝政，真宗意不能平。寇莱公探此意，遂欲废章献，立仁宗，策真庙为太上皇，而诛丁谓、曹利用等。于是李迪、杨亿、曹玮、盛度、李遵勉等叶力，处画已定，凡诏命，尽使杨亿为之，且将举事。会莱公因醉漏言，有人驰报晋公，晋公夜乘犊车往利用家谋之。明日，利用入，尽以莱公所谋白太后，遂矫诏罢公政事。及真宗上仙，乃指莱公为反，而投海上，其事有类上官仪者，天下冤之。杨亿临死，取当时所为诏诰及始末事迹，付遵勉收之。至章献上仙，遵勉乃抱亿所留书进呈仁宗，及叙本末。仁宗尽见当日曲直，感叹再三，遂下诏湔涤其冤，赠中书令，谥曰"忠愍"。又赠杨亿礼部尚书，谥曰"文"，凡预莱公党而被逐者，皆诏雪之。故亿赠官制曰"天禧之末，政渐中闱，能叶元臣，力屏储极"，盖谓是也。

真宗初上仙，丁晋公、王沂公同在中书。沂公独入札子，乞于山陵已前一切内降文字，中外并不得施行；又乞今后凡两府行下文字，中书须宰臣参政，密院枢密使、副、签书员同在方许中外承受。两宫可其奏。晋公闻之，愕然自失，由是深惮沂公矣。

真宗崩，丁晋公为山陵大礼使，宦者雷允恭为山陵都监。及开皇堂，泉脉壅涌，丁私欲庇覆，遂更不闻奏，擅移数十丈。当时以为移在绝地，于是朝论大喧。是时，吕公夷简权知开封府，推鞫此狱，丁既久失天下之心，而众咸目为不轨，以至取彼头颅，置之郊社云云。狱既起，丁犹秉政，许公雅知丁多智数，凡行移、推勘文字，及追证左右之人，一切止罪允恭，略无及丁之语。狱具，欲上闻，丁信以为无疑，令许公对。公至上前，方暴其绝地之事，谓竟以此投海外，许公遂参知政事矣。

丁晋公既投朱崖，几十年。天圣末，明肃太后上仙，仁宗独览万机。当时仇敌多不在要地，晋公乃草一表，极言策立之功，辨皇堂诬构之事，言甚哀切。自以无缘上达，乃外封题云"启上昭文相公"。是时，王冀公钦若执政，丁自海外遣家奴持此启入京，戒云："须俟王公见客日，方得当面投纳。"其奴如戒，冀公得之，惊不敢启封，遽以上闻。仁宗拆表，读而怜之，乃命移道州司马。晋公有诗数首，略曰："君心应念前朝老，十载漂流若断蓬。"又曰："九万里鹏容出海，一千年鹤许归辽。且作潇湘江上客，敢言瞻望紫宸朝。"天下之人疑其复用矣。穆修闻道州之徙，作诗曰："却讶有虞刑政失，四凶何事亦量移？"谓失人心如此。

丁晋公至朱崖，作诗曰："且作白衣菩萨观，海边孤绝宝陀山。"作《青衿集》百余篇，皆为一字题，寄归西洛。又作《天香传》，叙海南诸香。又作州郡名，配古人姓名题咏百余篇，盖未尝废笔砚也。后移道州，旋以秘书监致仕，许于光州居住。流落贬窜十五年，髭鬓无班白者，人亦伏其量也。在光州，四方亲知皆会，至食不足，转运使表闻。有旨给东京房钱一万贯，为其子珙数月呼传而尽。临终前半月，已不食，但焚香危坐，默诵佛书，以沉香煎汤，时时呷少许。启手足之际，付嘱后事，神识不乱，正衣冠，奄然化去。其能荣辱两忘，而大变不惧，真异人也。

马尚书亮以尚书员外郎直史馆，使淮南时，吕许公夷简尚为布衣，方侍其父罢江外县令，亦至淮甸，上书求见。马公一阅，知其必贵，遂以女妻之。后许公果为宰相。马公知江宁府，时陈恭公执中以光禄寺丞经过，马接之极厚，且谓曰："寺丞他日必至真宰。"令其数子出拜曰："愿以老夫之故，他日稍在陶铸之末。"曾谏议致尧性刚介，少许可。一日，在李侍郎虚己坐上，见晏元献公。晏，李之婿也，时方为奉礼郎。谏议熟视之曰："晏奉礼他日贵甚，但老夫耄矣，不及见子为相也。"吕许公夷简为相日，文潞公彦博为太常博士，进谒，许公改容礼接，因语之曰："太博此去十年，当践某位。"夏英公竦谪守黄州，时庞颖公司理参军，英公曰："庞司理他日富贵远过于我。"既而四公皆至元宰。古云贵人多识贵人，信有之也。

钱文僖公惟演生贵家，而文雅乐善出天性。晚年以使相留守西京，时通判谢绛、掌书记尹洙、留府推官欧阳修，皆一时文士，游宴吟咏，未尝不同。洛下多水竹奇花，凡园囿之胜，无不到者。有郭延卿者,居水南,少与张文定公、吕文穆公游,累举不第,以文行称于乡闾。张、吕相继作相,更荐之,得职官,然延卿亦未尝出仕,茸幽亭,艺花卉,足迹不及城市,至是年八十余矣。一日,文僖率僚属往游,去其居一里外,即屏骑从,腰舆张盖而访之,不以告名氏。洛下士族多,过客众,延卿未始出,盖莫知其何人也。但欣然相接,道服对谈而已。数公疏爽闿朗,天下之选。延卿笑曰:"陋居罕有过从,而平日所接之人,亦无若数君者。老夫甚惬,愿少留,对花小酌也。"于是以陶樽果蔬而进,文僖爱其野逸,为引满不辞。既而吏报申牌,府史牙兵列庭中,延卿徐曰:"公等何官而从吏之多也?"尹洙指而告曰:"留守相公也。"延卿笑曰:"不图相国肯顾野人。"遂相与大笑。又曰:"尚能饮否?"文僖欣然从之,又数杯。延客之礼数杯盘,无少加于前,而谈笑自若。日入辞去,延卿送之门,顾曰:"老病不能造谢,希勿讶也。"文僖登车,茫然自失。翌日,语僚属曰:"此真隐者也,彼视富贵为何等物耶?"叹息累日不止。

陈恭公执中以卫尉寺丞知梧州,驿递上疏,以乞立储贰。真宗嘉其敢言。翌日临朝,袖其疏以示执政,叹奖久之,召为右正言,然为王冀公所忌。一日,真宗赋《御沟柳》诗,宣示宰相两省皆和进。恭公因进诗曰:"一度春来一度新,翠花长得照龙津。君王自爱天然态,恨杀昭阳学舞人。"

文章随时风美恶,咸通已后,文力衰弱,无复气格。本朝穆修首倡古道,学者稍稍向之。修性褊窄少合,初任海州参军,以气陵通判,遂为捃摭削籍,系池州,其集中有《秋浦会过诗》,自叙甚详。后遇赦释放,流落江外,赋命穷薄,稍得钱帛,即遇盗,或卧病,费竭然后已。是故衣食不能给,晚年得《柳宗元集》,募工镂板,印数百帙,携入京相国寺,设肆鬻之。有儒生数辈至其肆,未评价直,先展揭披阅,修就手夺取,瞋目谓曰:"汝辈能读一篇,不失句读,吾当以一部赠汝。"其忤物如此,自是经年不售一部。

仁宗圣性好学,博通古今,自即位,常开迩英讲筵,使侍讲、侍读日进经史,孜孜听览,中昃忘倦。有林瑀者,自言于《周易》得圣人秘义,每当人君即位之始,则以日辰支干配成一卦,以其象繇为人君所行之事,其说支离诡驳,不近人情。及为侍读,遽奏仁宗曰:"陛下即位,于卦得需,象曰'云上于天',是陛下体天而变化也。其下曰'君子以饮食宴乐',故臣愿陛下频宴游,务娱乐,穷水陆之奉,极玩好之美,则合卦体,当天心,而天下治矣。"仁宗骇其言。翌日,问贾魏公昌朝,魏公对曰:"此乃诬经籍,以文奸言,真小人也。"仁宗大以为然,于是逐瑀,终身不齿矣。

李淑在翰林,奉诏撰《陈文惠公神道碑》。李为人高亢,少许可与,文章尤尚奇涩。碑成,殊不称文惠之功烈文章,但云平生能为二韵小诗而已。文惠之子述古等恳乞改去二韵等字,答以"已经进呈,不可刊削",述古极衔之。会其年李出知郑州,奉时祀于恭陵,而作恭帝诗曰:"弄楯牵车挽鼓催,不知门外倒戈回。荒坟断陇才三尺,犹认房陵半仗来。"述古得其诗,遽讽寺僧刻石,打墨百本,传于都下。俄有以诗上闻者,仁宗以其诗送中书,翰林学士叶清臣等言本朝以揖逊得天下,而淑诬以干戈,且臣子非所宜言。仁宗亦深恶之,遂落李所居职,自是连蹇于侍从垂二十年,竟不能用而卒。

吕许公夷简为郡守,上言乞不税农器。真宗知其可为宰相,记名殿壁,后果正台席。燕肃为郡守,上言:"应天下疑狱,并具事节,奏取敕裁。"仁宗知其有仁心,后至龙图阁直学士。王安石为翰林学士,莱州阿芸谋杀夫,以为案问,欲举免所因之罪,主上决意用为辅相。自燕肃之说进,历仁宗、英宗、神宗,三朝之中,凡有奏疑,未始不免死。案问之律行,凡临劾而首陈者,皆得原减。所谓仁人之言,其利溥也。

五代任官,不权轻重,凡曹、掾、簿、尉,有龌龊无能,以至昏老不任驱策者,始注为县令。故天下之邑,率皆不治,甚者诛求刻剥,猥迹万状,至今优诨之言,多以长官为笑。及范文正公仲淹乞令天下选人,用三员保任,方得为县令,当时推行其言,自是县令得人,民政稍稍举矣。

唐末西北蕃在者有回鹘、吐蕃,而吐蕃又分为唃厮啰,始甚强盛,自祥符间,衄于三都谷,势遂衰弱,视中国为神明,慑息不敢动。异时,与回鹘皆遣使,自兰州入镇戎军,以修朝贡。及元昊将叛,虑唃氏制其后,举兵攻破莱州诸羌,南侵至于马衔山,筑瓦川会,断兰州旧路,留兵镇守。自此唃氏不能入贡,而回鹘亦退保西州,元昊遂叛命,久为边害,朝廷患之。议者以为唃氏尚在河、隍间,又与元昊世仇,傥遣使通谕朝廷之意,使西戎有后顾之忧,则边备解矣。仁宗然之。宝元二年,遣屯田员外郎刘涣奉使。涣自古渭州抵青堂城,始与唃氏遇,涣为述朝廷之意,因以邈川都统爵命授之,俾掎角以攻元昊。厮啰谢恩大喜,请举兵助中国讨贼,自此元昊始病于牵制,而唃氏复与中国通矣。

宝元中,御史府久阙中丞。一日,李淑对,仁宗偶问以宪长久虚之故。李奏曰:"此乃吕夷简欲用苏绅,臣闻夷简已许绅矣。"仁宗疑之。异时,因问许公曰:"何故久不除中丞?"许公奏曰:"中丞者,风宪之长,自宰相而下皆得弹击,其选用当出圣意,臣等岂敢铨量之?"仁宗颔之,自是知其直矣。

范文正公仲淹少贫悴,依睢阳朱氏家,常与一术者游。会术者病笃,使人呼文正而告曰:"吾善炼水银为白金,吾儿幼不足以付,今以付子。"即以其方与所成白金一斤封志,内文正怀中。文正方辞避,而术者已绝。后十余年,文正为谏官,术者之子长,呼而告之曰:"而父有神术,昔之死也,以汝尚幼,故俾我收之。今汝成立,当以还汝。"出其方并白金授之,封识宛然。

王文康公苦淋,百疗不瘥,洎为枢密副使,疾顿除;及罢,而疾复作。或戏之曰:"欲治淋疾,唯用一味枢密副使,仍须常服,始得不发。"梅金华询久为侍从,急于进用,晚年多病,石参政中立戏之曰:"公欲安乎?唯服一清凉散即瘥也。"盖两府在京,许张青盖耳。

卷之四

　　狄青之征侬智高也，自过桂林，即以辨色时先锋行，先锋既行，青乃出帐，受衙罢，命诸将坐，饮酒一卮，小餐，然后中军行，率以为常。及顿军昆仑关下，翌日，将度关，辰起，诸将张立甚久，而青尚未坐。殆至日高，亲吏疑之，遽入帐周视，则不知青所在，诸将方相顾惊怛，俄有军候至曰："宣徽传语诸官，请过关吃食。"方知青已微服，同先锋度关矣。

　　欧阳文忠公修自言：初移滑州，到任，会宋子京曰："有某大官颇爱子文，倩我求之。"文忠遂授以近著十篇。又月余，子京告曰："某大官得子文，读而不甚爱，曰：'何为文格之退也？'"文忠笑而不答。既而文忠为知制诰，人或传有某大官极称一丘良孙之文章，文忠使人访之，乃前日所投十篇，良孙盗为己文以赟；而称美之者，即昔日子京所示之某大官也。文忠不欲斥其名，但大笑而已。未几，文忠出为河北都转运使，见邸报，丘良孙以献文字，召试拜官，心颇疑之；及得所献，乃令狐挺平日所著之《兵论》也，文忠益叹骇。异时为侍从，因为仁宗道其事，仁宗骇怒，欲夺良孙之官。文忠曰："此乃朝廷已行之命，但当日失于审详，若追夺之，则所失又多也。"仁宗以为然，但发笑者久之。

　　京师百司库务，每年春秋赛神，各以本司余物贸易，以具酒馔；至时，吏史列坐，合乐终日。庆历中，苏舜钦提举进奏院，至秋赛，承例卖拆封纸以充。舜钦欲因其举乐，而召馆阁同舍，遂自以十千助席，预会之客，亦醵金有差。酒酣，命去优伶，却吏史，而更召两军女伎。先是，洪州人太子中舍李定愿预醵厕会，而舜钦不纳。定衔之，遂腾谤于都下。既而御史刘元瑜有所希合，弹奏其事。事下右军穷治，舜钦以监主自盗论，削籍为民。坐客皆斥逐，梅尧臣亦被逐者也。尧臣作《客至》诗曰："客有十人至，共食一鼎珍。一客不得食，覆鼎伤众宾。"盖为定发也。

刘侍制元瑜既弹苏舜钦，而连坐者甚众，同时俊彦，为之一空。刘见宰相曰："聊为相公一网打尽。"是时，南郊大礼，而舜钦之狱断于赦前数日。舜钦有诗曰"不及鸡竿下坐人"，盖谓不得预赦免之囚也。舜钦死，欧阳文忠公序其文集，叙及赛神之事，略曰："一时俊彦，举网而尽矣。"盖述御史之言也。舜钦以大理评事、集贤校理废为民，后二年，得湖州长史，年四十余卒。

范文正公仲淹为参知政事，建言乞立学校、劝农桑、责吏课、以年任子等事，颇与执政不合。会有言边鄙未宁者，文正乞自往经抚，于是以参知政事为河东陕西安抚使。时吕许公夷简谢事居圃田，文正往候之，许公问曰："何事遽出也？"范答以"暂往经抚两路，事毕即还矣"。许公曰："参政此行，正蹈危机，岂复再入？"文正谕其旨，果使事未还，而以资政殿学士知邠州。

王禹偁在太宗末年，以事谪守滁州，到任谢表略曰："诸县丰登，苦无公事；一家饱暖，全荷君恩。"禹偁有遗爱，滁州怀之，画其像于堂以祠焉。庆历中，欧阳修责守滁州，观禹偁遗像而作诗曰："偶然来继前贤迹，信矣皆如昔日言。诸县丰登少公事，一家饱暖荷君恩。想公风采犹如在，顾我文章不足论。名姓已光青史上，壁间容貌任昏尘。"皆用其表中语也。

苏舜钦奏邸之会，预坐者多馆阁同舍，一时被责十余人。仁宗临朝，叹以轻薄少年，不足为台阁之重。宰相探其旨，自是务引用老成，往往不惬人望。甚者，语言文章，为世所笑，彭乘之在翰林，杨安国之在经筵是也。

御史有阍吏，隶台中四十余年，事二十余中丞矣，颇能道其事，尤善评其优劣。每声诺之时，以所执之梃，待中丞之贤否，中丞贤则横其梃，中丞不贤则直其梃。此语喧于缙绅，凡为中丞者，唯恐其梃之直也。范讽为中丞，闻望甚峻，阍吏每声诺，必横其梃。一日，范视事；次日，阍吏报事，范视之，其梃直矣。范大惊，立召问曰："尔梃忽直，岂睹我之失邪？"吏初讳之，苦问，乃言曰："昨日见中丞召客，亲谕庖人以造食，中丞指挥者数四。庖人去，又呼之，复丁宁教诫者，又数四。大凡役人者，受以法而观其成，苟不如法，有常刑矣，何事喋喋之繁？若使中丞宰天下之事，不止一庖人之任，皆欲如此喋喋，不亦劳而可厌乎？某心鄙之，不知其梃之直也。"范大笑，惭谢。明日视之，梃复横矣。

楚执中性滑稽，谑玩无礼。庆历中，韩魏公琦帅陕西，将四路进兵，入平夏，以取元昊，师行有日矣。尹洙与执中有旧，荐于韩公，执中曰："虏之族帐无定，万一迁徙深远，以致我师，无乃旷日持久乎？"韩公曰："今大兵入界，则倍道兼程矣。"执中曰："粮道岂能兼程邪？"韩公曰："吾已尽括关中之驴运粮，驴行速，可与兵相继也。万一深入，而粮食尽，自可杀驴而食矣。"执中曰："驴子大好酬奖。"韩公怒其无礼，遂不使之入幕。然四路进兵，亦竟无功也。

章懿太后之葬也，明肃方听政，有旨令凿内城垣以出枢。是时，吕文靖公夷简当国，遽求对，而明肃已揣知其意，止令入内都知罗崇勋问有何事。文靖具奏凿垣非礼，宜开西华门以出神枢。明肃使崇勋报曰："向夷简道，岂意卿亦如此也。"文靖答曰："臣备位宰相，朝廷大事当廷争，太后不允，臣终不退。"崇勋三返，而太后之意不回。文靖正色谓崇勋曰："宸妃诞育圣主，而送终之礼如此，异时治今日之事，莫道夷简不争。太尉日侍太后左右，不能开述讽导，当为罪魁矣。"崇勋大惧，驰告明肃，于是始允所请。

王文正公曾在中书，得光州奏秘书监丁谓卒。文正顾谓同列曰："斯人平生多智数，不可测，其在海外，犹能用智而还；若不死，数年未必不复用。斯人复用，则天下之不幸可胜言哉？吾非幸其死也。"

英宗即位之初，有著作佐郎甄复献《继圣图》，其序大略曰："昔景德戊申岁，天书降；后二十四年，陛下降生之日，复是天庆节。是天书于二纪已前，为陛下降圣之兆也。又迩来市民染帛，以油溃紫色，谓之'油紫'。油紫者，犹子也。陛下濮安懿王之子，视仁宗为诸父，此犹子之义也。"又云："京师自二年来，里巷间多云'着个羊'。陛下生于辛未，羊为未神，此又语瑞也。"又以御名拆其点画，使两目相并，为离明继照之义，其言诡诞不经。英宗圣性高明，尤恶诌谀，书奏，怒其妖妄，御批送中书令，削官停任，天下伏其神鉴。

治平间，河北凶荒，继以地震，民无粒食，往往贱卖耕牛，以苟岁月。是时，刘涣知澶州，尽发公帑之钱以买牛。明年，震摇息，遁民归，无牛可以耕凿，而其价腾踊十倍。涣复以所买牛，依元直卖与。是故河北一路，唯澶州民不失所，由涣权宜之术也。

神宗皇帝在春宫时，极冲幼，孙思恭为侍读。一日，讲《孟子》，至"多助之至，天下顺之；寡助之至，亲戚畔之"，思恭泛引古今助顺之事，而不及亲戚畔之者。主上顾曰："微子，纣之诸父也，抱祭器而入周，非亲戚畔之耶？"思恭释然骇伏。上之睿明，可谓闻一知十矣。

熙宁十年夏，京辅大旱，主上以祈祷未应，圣虑焦劳。一夕，梦异僧吐云雾致雨，翌日，甘澍浃足，遂以其像求之旁阁中，乃第十尊罗汉也。上之精虔感应如此。时集贤王丞相珪有《贺雨诗》，略曰："良弼为霖孤宿望，神僧作雾应精求。"即其事也。

欧阳修致仕，居颖，蔡承禧经由颖上，谒于私第，从容曰："公德望隆重，朝廷所倚，未及引年而遽此高退，岂天下所望也！"欧阳公曰："吾与世多忤，晚年不幸为小人诬蔑，止有进退之节，不可复令有言而俟逐也，今日乞身已为晚矣。"小人盖指蒋之奇也。欧阳公在颖，唯衣道服，称"六一居士"，又为传以自序。

王荆公安石当国，以徭役害民，而游手无所事，故率农人出钱，募游手给役，则农役异业，两不相妨。行之数年，荆公出判金陵，荐吕惠卿参知政事。惠卿用其弟温卿之言，使免役钱依旧，而拨诸路闲田募役。既而闲田少，役人多，不能均济，天下方患其法不可行，而中丞邓绾又言惠卿意在是甲毁乙，故坏新法。于是不行温卿之言，依旧给钱募役。

王荆公当国，始建常平钱之议，以谓百姓当五谷青黄未接之时，势多窘迫，贷钱于兼并之家，必有倍蓰之息。官于是结甲请钱，每千有二分之息，是亦济贫民而抑兼并之道，而民间呼为"青苗钱"。范镇时以翰林学士知通进银台司，误会此意，将谓如建中间税青苗于田中也，遽上疏，略曰："常平仓始于汉之盛时，贵而散之，贱而敛之，虽尧舜无易也。青苗者，荒乱之世，所请青苗在田，贱估其直，敛收未毕，而责其偿，此盗跖之法也。今以盗跖之法，变唐虞不易之政，此人情所以不安，而中外所以惊疑也。"疏奏请停之，众谓不然，落翰林学士守本官致仕。制有"举直措枉,古之善政;服谗搜慝,义所当诛"。盖谓是也。

常平法既行,而同知谏院孙觉上言:"府界诸县百姓率不愿请,往往追呼抑配,深为民害。"主上俾觉同府界提点往诸县体量,有无追呼抑配之事。孙面奏曰:"敢不虔奉诏旨,即日治行。"既而又上疏曰:"臣闻古者设官,有言之者,有行之者,故言者不责其必行,行者不责其能言。臣备员谏省,以言语为官矣,又能一一而行之乎?所有同体量指挥,望赐寝罢。"主上怒其反覆,落同修起居注,知广德军。

曾布为三司使,极论京师市易不便,其大概以为:天下之财匮乏,良由货不流通;货不流通,由商贾不行;商贾不行,由兼并之巧为挫抑。故朝廷市易于京师,以售四方之货,常低昂其价,使高于兼并之家,而低于倍蓰之直;而官不失二分之息,则商贾自然无滞矣。虽然官中非觊利也,特欲抑兼并耳,必也官无可买;官无可卖,即是兼并不敢侵牟,而市易之法行也。今吕嘉问提举市易,乃差官于四方买物货,禁客旅,须俟官中买足,方得交易,以息钱多寡为官吏殿最,故官吏牙人唯恐衰之不尽,而取息不夥,则是官中自为兼并,殊非置市易之本意也。事下两制详议,而吕惠卿以为沮坏新法,王荆公大怒,遂置狱劾其事。又三司会计差失,即以为上书诈不实,曾落翰林学士、知制诰,以起居舍人知饶州,惠卿遂参知政事矣。而市易差官置物畴劳如故。

常秩以处士起为左正言,直集贤院,判国子监。不逾年,待制宝文阁,兼判太常寺。中间谒告归汝阴,主上特降诏自秩始也。会放进士徐铎榜,秩密以太学生之薄于行者,籍名于方册,伫怀袖间,每唱名有之,则揭册指名进呈,乞赐黜落,如是者三四。上方披阅试卷,或与执政语,往往不省秩言,秩大以为沮,遂谒告不朝。一日,翰林学士杨绘方坐禁中,俄有报太常寺吏人到院者。绘昔掌判事,立命至前,乃故吏也。询其来之故,即云:"常待制以谒告月余,未有诏起,令探刺消息。"杨曰:"此禁中,汝得妄入乎?我若致汝于法,则连及待制,汝速出,无取祸也。"先是,秩未谒告时,差护向经葬事,至是经葬有日,上亲奠祭,护葬官例合迎驾,秩不候朝参而出,迎驾于经门。上祭奠毕，登辇而去，亦不顾秩，秩愈不得意。或告以不朝参而出就职，又尝私觇禁中，台官欲有言者，秩大恐，遂以病还汝阴，既而卒。或云：方卒时，狂乱若心疾，将自杀者。然未得其详。

卷之五

　　王安国性亮直，嫉恶太甚。王荆公初为参知政事，闲日因阅读晏元献公小词而笑曰："为宰相而作小词，可乎？"平甫曰："彼亦偶然自喜而为尔，顾其事业岂止如是耶！"时吕惠卿为馆职，亦在坐，遽曰："为政必先放郑声，况自为之乎！"平甫正色曰："放郑声不若远佞人也。"吕大以为议己，自是尤与平甫相失也。

　　熙宁六、七年，河东、河北、陕西大饥，百姓流移于京西就食者，无虑数万，朝廷遣使赈恤。或云：使者隐落其数，十不奏一，然而流连褓负，取道于京师者，日有千数。选人郑侠监安上门，遂画《流民图》，及疏言时政之失，其词激讦讥讪，往往不实。书奏，侠坐流窜，而中丞邓绾、知谏院邓润甫言"王安国尝借侠奏稿观之，而有奖成之言，意在非毁其兄"。是时，平甫以著作佐郎、秘阁校理判官告院，坐此放归田里。逾年，起为大理寺丞，监真州粮料院，不赴而卒。平甫天下之奇才，黜非其罪，而又不寿，世共惜。台官希执政之旨，且将因此以悦荆公也。余尝为挽词二首，颇道其事，云："海内文章杰，朝廷亮直闻。黄琼起处士，子夏遽修文。贝锦生迁怒，江湖久离群。伤心王佐略，不得致华勋。"又曰："今日临风泪，萧萧似绠縻。空怀徐稚絮，谁立郑玄碑？无力酬推毂，平时愤抵巇。何人令枉状，路粹岂能为？"盖谓是也。

　　冯京与吕惠卿同为参知政事，吕每有所为，冯虽不抑，而心不以为善，至于议事，亦多矛盾。会郑侠狱起，言事者以侠常游京之门，推劾百端，冯竟以本官知亳州。岁余，加资政殿学士，知会州。舍人钱藻当制，有"大臣进退，系时安危"及"持正莫为，一节不挠"之语。中丞邓绾惧冯再入，又将希合吕公，遽言："冯京预政日久，殊无补益，而曰'系时安危'；京朋邪徇俗，怀利而己，而曰'持正不挠'。乞罢钱藻，以谕中外。"而藻竟罢直院。

　　熙宁七年，元绛为三司使，宋迪为判官。迪一日遣使煮药，而遗火延烧计府，自午至申，焚伤殆尽。方火炽，神宗御西角以观，是时章惇以知制诰判军器监，遽部本监役兵往救火，经由角楼以过。上顾问左右，以惇为对。翌日，迪夺官勒停，绛罢使，以章惇代之。

国朝旧制：父子兄弟及亲近之在两府者，与侍从执政之官，必相回避。熙宁初，吕公弼为枢密，其弟公著除御史中丞，制曰："久欲登于逸用，尚有避于当涂。"公弼闻之，义不能安，遂乞罢枢府。久之，以观文殿学士知并州。

神宗即位，岐王、嘉王犹在禁中，秘书丞章辟光献言乞迁于外，而朝论以为疏远小臣，妄论离间，于义当议。有旨送中书，王荆公以为其言非过，依违不行。会中丞吕诲极言其不可，而兼及荆公，遂夺辟光官，降衡州监税。

延州当西戎三路之冲，西北金明寨，正北黑水寨，东北怀宁寨，而怀宁直横山，最为控要。顷薛尚、种谔取绥州，建为绥德城，据无定河，连野鸡谷，将谋复横山，而朝廷责其擅兵，二人者皆黜罢。熙宁五年，韩丞相绛以宰相宣抚陕西，复取前议，遂自绥州以北，筑宾草坪，正东筑吴堡，将城银州；会抽沙，不可筑而罢，遂建罗兀城，欲通河东之路。既而日月淹久，粮运不继，言事者屡沮止之。旋属庆州卒叛，遽班师，韩以本官知邓州，副使吕大防夺职，知临江军，弃罗兀等城，而河东路不能通矣。

李士宁者，蜀人。得导气养生之术，又能言人休咎。王荆公与之有旧，每延于东府，迹甚熟。荆公镇金陵，吕惠卿参大政，会山东告李逢、刘育之变，事连宗子世居，御史府、沂州各起狱推治之。劾者言士宁尝预此谋，敕天下捕治，狱具，世居赐死，李逢、刘育磔于市，士宁决杖，流永州，连坐者甚众。始兴此狱，引士宁者，意欲有所诬蔑，会荆公再入秉政，谋遂不行。

太一宫旧在京城西苏村，谓之西太一。熙宁初，百官奏太一临中国，主天下康阜，诏作宫于京城之东南隅，谓之中太一。方藏事，命三司副使李寿朋往苏村祭告。是日，寿朋饮酒食肉而入，俄得疾于殿上，扶归斋厅，七窍流血，肩舆上道，未及国门而卒。

翰林故事：学士每白事于中书，皆公服靸鞋坐玉堂，使院吏入白,学士至,丞相出迎。然此礼不行久矣。章惇为制诰直学士院,力欲行之。会一日,两制俱白事于中书,其中学士皆鞠足秉笏,而惇独散手系鞋。翰林故事,十废七八,忽行此礼,大喧物议,而中丞邓绾尤肆抵毁。既而罢惇直院,而系鞋之礼后亦无肯行之者。

熙宁四年,王荆公当国,欲以朱柬之监左藏库,柬之辞曰:"左帑有火禁,而年高,宿直非便。闻欲除某人勾当进奏院,忘其人名。实愿易之。"荆公许诺。翌日,于上前进某人监左藏库,上曰:"不用朱柬之监左藏库,何也?"荆公震骇,莫测其由。上之机神临下,多知外事,虽纤微,莫可隐也。

熙宁七年,王荆公初罢相,以吏部尚书、观文殿学士知金陵,荐吕惠卿为参政而去。既而吕得君怙权,虑荆公复进,因郊礼,荐荆公为节度使平章事。方进熟敕,上察其情,遽问曰:"王安石去不以罪,何故用赦复官?"惠卿知无以对。明年,复召荆公秉政,而王、吕益相失矣。

王安国著《序言》五十篇,上初即位,韩绛、邵亢为枢密副使,同以《序言》进,上御批称美,令召试学士院,将不次进用,而大臣有不喜者,止得两使职官,从辟为西京国子监教授,后中丞吕诲弹奏王荆公,犹引以为推恩太重。平甫博学,工文章,通古今,达治道,劲直寡合,不阿时之好恶;虽与荆公论议亦不苟合,故异时执政得以中伤,而言事者谓非毁其兄,遂因事逐之,天下之人皆以为冤。其死也,余以文祭之,略曰:"人望二纪而仅获寸进,谗夫一言而应声槁翼。"盖谓是也。

王观文韶始为建昌军司理参军,时蔡枢密挺提点江西刑狱,一见知其必贵,顾待甚厚。数年,蔡知庆州,王调官关中,遂谒蔡于庆阳,且言将应制科,欲知西事本末。蔡遂以前后士大夫之言,及边事者皆示之,其间有向宝议洮河一说,王悦之,以为可行。后掌秦州机宜,遂乞复洮河故地。朝廷命韶兼管勾蕃部,自是其谋寖广,欲进取兰州、鄯、廓,知秦州李师中以为不可,而言事者亦多非沮,朝廷令王克臣乘驿参验其事,克臣亦依违两可。既而郭逵等又劾韶侵盗官物,兴起大狱,俾蔡确推劾,蔡明其无罪,自是君相之意,断然不疑。不数年,克青唐、武胜，城熙河，取洮、河、叠、宕、西团，为熙河一路，由上意不疑所致也。

职方郎中胡枚，判吏部南曹岁满，除知兴元府。先是，由判曹得监司者甚众，枚素有所望，洎得郡，殊自失，历干执政，皆不允。时陈升之知枢密院，枚往谒求荐，陈公辞以备位执政，不当私荐一士。枚愀然叹息曰："兴元道远，枚本浙人，家贫无力之任，惟有两女当卖人为婢，庶得资以行耳。"陈公鄙其言，遽索汤使起。枚得汤，三奠于地而辞去。陈大骇。是时，枚将还浙右待阙，已登舟，其日作诗书于船窗曰："西梁万里何时到？争似怀沙入九泉。"是夕，溺死汴水。初执政以枚无正室，疑奸吏而谋杀者，方将穷治，会陈公言卖女奠汤事，及得牖间自题之句，方信其失心而赴水也。

吕升卿为京东察访，游太山，题名于真宗御制《封禅碑》之阴，刊刻拓本，传于四方。后二年，升卿判国子监，会蔡承禧为御史，言其题名事，以为大不恭，遂罢升卿判监。既而邓绾又言升卿兄弟顷居丧润州，尝令华亭知县张若济置买土田，若济遂因此贷部民朱庠、卫公佐、吴延亮、卢及远、押司录事王利用等钱四千余贯，强买民田。既而若济坐赃事发，惠卿已在中书，百计营救，及言惠卿纵亲情郑膺干挠政事，如此等事凡十余端，猥不可具载。朝廷起狱于秀州，既而惠卿罢参知政事，以本官知亳州，升卿和州监酒，温卿勒停，张若济除名编管，缘此党人降黜者纷纷矣。

王荆公秉政，更新天下之务，而宿望旧人议论不叶。荆公遂选用新进，待以不次，故一时政事不日皆举，而两禁台阁内外要权莫匪新进之士也。洎三司论市易，而吕参政指为沮法，荆公以为然，坚乞罢相。神宗重违其意，自礼部侍郎、昭文馆大学士改吏部尚书、观文殿大学士知江宁府。麻既出，吕嘉问、张谔持荆公而泣，公慰之曰："已荐吕惠卿矣。"二子收泪。及惠卿入参政，有射羿之意，而一时之士见其得君，谓可以倾夺荆公矣，遂更朋附之。既而邓绾、邓润甫枉状发王安国，而李逢之狱又挟李士宁以撼荆公，又言《熙宁编敕》不便，乞重编修。及令百姓手实供家赋，以造簿，又欲给田募役以破役法，其他事夤缘事故非议前宰相者甚众，而朝廷纲纪几于烦紊，天下之人复思荆公。天子断意再召秉政。邓绾惧不安，欲弭前迹，遂发张若济事，反攻惠卿。朝廷俾张谔为两浙路察访，以验其事。谔犹欲掩覆，而邓绾复观望意旨，荐引匪人，于是惠卿自知不安，乃条列荆公兄弟之失数事面奏，意欲上意有贰。上封惠卿所言以示荆公，故荆公表有"忠不足以取信，故事事欲其自明；义不足以胜奸，故人人与之立敌"，盖谓是也。既而惠卿出亳州，绾落御史中丞，以本官知虢州，张谔落直舍人院，降官停任，其他去者不一，门下之人皆无固志。荆公无与共图事者，又复请去，而再镇金陵。故诗有"纷纷易变浮云白，落落难终老柏青"，盖谓是也。

王荆公再为相，承党人之后，平日肘腋尽去，而在者已不可信，可信者又才不足以任事。平日唯与其子雱机谋，而雱又死，知道之难行也，于是慨然复求罢去，遂以使相再镇金陵。未期，纳节，求闲地，久之，得会灵观使，居于金陵。一日，豫国夫人之弟吴生者来省荆公，寓止于佛寺行香厅。会同天节建道场，府僚当会于所谓行香厅，太守叶均使人白遣吴生，吴生不肯迁。洎行香毕，大会于其厅，而吴生于屏后慢骂不止。叶均俯首不听，而转运毛抗、判官李琮大不平之，牒州令取问。州遣二皂持牒追吴生，吴生奔荆公家以自匿。荆公初不知其事也，顷二皂至门下，云捕人，而喧忿于庭。荆公偶出见之，犹纷纭不已，公叱二皂去。叶均闻之，遂杖二皂，而与毛抗、李琮皆诣荆公，谢以公皂生疏，失于戒束。荆公唯唯不答，而豫国夫人于屏后叱均、抗等曰："相公罢政，门下之人解体者十七八，然亦无敢捕吾亲属于庭者，汝等乃敢尔耶！"均等趋出，会中使抚问适至，而闻争厅事。中使回日，首以此奏闻，于是叶均、毛抗、李琮皆罢，而以吕嘉问为守。又除王安上提点江东刑狱，俾迁治于所居金陵。

熙宁三年，京辅猛风大雪，草木皆稼，厚者冰及数寸，既而华山震，阜头谷圮折数十百丈，荡摇十余里，覆压甚众。唐天宝中冰稼而宁王死，故当时谚曰："冬凌树稼达官怕。"又诗有"泰山其颓，哲人其萎"之说，众谓大臣当之。未数年，而司徒侍中魏国韩公琦薨，王荆公作挽词，略曰："冰稼尝闻达官怕，山颓今见哲人萎。"盖谓是也。

卷之六

　　韩魏公以病乞乡郡，遂以使相侍中判相州，既而疾革。一夕，星陨于园中，枥马皆鸣。翌日，公薨。上为神道碑，具述其事。

　　熙宁初，朝廷初置条例司，诸路各置提举常平司，及俵常平钱，收二分之息。时韩魏公镇北都，上章论其事，乞罢诸路提举官，常平法依旧，不收二分之息。魏公精于章表，其说从容详悉，无所伤忤。有皇城使沈惟恭者辄令其门客孙棐诈作魏公之表云："欲兴晋阳之甲，以除君侧之恶。"表成，惟恭以示阁门使李评，评夺其稿以闻。上大骇，下惟恭、孙棐于大理，而御史中丞吕公著因便坐奏事，犹以棐言为实。上出魏公章送条例司，惟恭流海上，孙棐杖杀于市，罢公著中丞，出知颖州，制曰："比大臣之抗章，因便坐而与对，乃厚诬方镇，有除恶之谋，深骇予闻，乖事理之实。"盖因此耳。

　　韩魏公庆历中以资政殿学士知扬州，时王荆公初及第，为校书郎、签书判官厅公事，议论多与韩公不合。洎嘉祐末，魏公为相，荆公知制诰，因论起注降官词头，遂上疏争舍人院职分，其言颇侵执政。又为纠察刑狱，驳开封府断争鹌鹑公事，而魏公以开封为直，自是往还文字甚多。及荆公秉政，又与常平议不合。然而荆公每评近代宰相，即曰韩公。韩公薨，为挽词曰："心期自与众人殊，骨相知非浅丈夫。"又曰："幕府少年今白发，伤心无路送灵輀。"

　　王荆公再罢政事，吴丞相充代其任。时沈括为三司使，密条常平役法之不便者数事，献于吴公。吴公得之，袖以呈上，上始恶括之为人。而蔡确为御史知杂，上疏言："新法始行，朝廷恐有未便，故诸路各出察访，以视民之愿否。是时，沈括实为两浙路察访使，还，盛言新法可行，百姓悦从。朝廷以其言为信，故推行无疑。今王安石出，吴充为相，括乃徇时好恶，诋毁良法。考其前后之言，自相背戾如此。况括身为近侍，日对清光，事有可言，自当面奏，岂可以朝廷公议私于宰相，乃挟邪害政之人，不可置在侍从。"疏入，落括翰林学士、知制诰,以本官知宣州。

京师有僧化成,能推人命贵贱。予尝以王安国之命问之,化成曰:"平甫之命,绝似苏子美。"子美,舜钦字。及平甫放逐,逾年,复大理寺丞。既卒,年四十七,与舜钦官职废斥,年寿无小异者。

熙宁十年,京师旱,上焦劳甚,枢密副使王韶言:"昔桑弘羊为汉武帝笼天下之利,是时,卜式乞烹弘羊以致雨。今市易务衰剥民利,十倍弘羊,而比来官吏失于奉行者多至黜免。今之大旱皆由吕嘉问作法害人,以致和气不召,臣乞烹嘉问以谢天下,宜甘泽之可致也。"

王安国,熙宁六年冬直宿崇文院,梦有邀之至海上,见海中宫殿甚盛,其中乐作,笙箫鼓吹之伎甚众,题其宫曰"灵芝宫",邀平甫者,欲与之俱往。有人在宫侧,隔水止之曰:"时未至,且令去,它日迎之至此。"平甫恍然梦觉,禁中已鸣钟矣。平甫颇自负其不凡,为诗纪之曰:"万顷波涛木叶飞,笙箫宫殿号灵芝。挥毫不是人间世,长乐钟来梦觉时。"后四年,平甫卒,其家哭,讯之曰:"君常梦往灵芝宫,其果然乎?当以兆告我。"是夕暮奠,若有音声接于人者,其家复哭,以钱卜之曰:"往灵芝宫,其果然乎?"卜曰:然。又三年,太常寺曾阜梦与平甫会,因吊之曰:"平甫不幸早世,今所处良苦如何?"但见平甫笑不止,旁一人曰:"平甫已列仙官矣,其乐非尘世比也。"阜方喜甚而寤。

熙宁五年,辰州人张翘与流人李资诣阙上书,言:"辰州之南江,乃古锦州,地接施、黔、牂牁,世为蛮人向氏、舒氏、田氏所据。地产朱砂、水银、金布、黄腊,良田数千万顷,入路无山川之扼。若朝廷出偏师压境上,臣二人说之,可使纳地为郡县。"书奏,即以章惇察访荆湖南北路,经制南江事。章次辰州,遂令李资、张竑、明夷中、僧愿成等十余人入境,以宣朝廷之意。资等褊宕无谋,亵慢夷境,遂为蛮酋田元猛所杀。章知不可以说下也,即进兵诛斩,而建沅、懿等州。又以潭之梅山、邵之飞山为苏方、杨光潜所据,遂乘兵势进克梅山,建安化县。又令李诰将兵取光潜,师至飞山,扼险不能度而还。当是时张颉居忧于鼎州,目睹其事,遂以书诋朝贵,言:"南江杀戮过甚,无罪者十有八九,以至浮尸塞江,下流之人不敢食鱼者数月。"惇病其说,且欲其分功以咮之,乃上言:"昔张颉知潭州益杨县,尝建取梅山之议,今臣成功,乃用颉之议也。"朝廷赐颉绢三百匹,而执政犹患其异议。会颉服阕,乃就除为江淮发运使,便道之官,而不敢食鱼之说息矣。

王荆公当国,郭祥正知邵州武岗县,实封附递奏书,乞以天下之计专听王安石处画,凡议论有异于安石者,虽大吏,亦当屏黜。表辞亦甚辨畅,上览而异之。一日,问荆公曰:"卿识郭祥正否?其才似可用。"荆公曰:"臣顷在江东,尝识之,其为人才近纵横,言近捭阖而薄于行,不知何人引荐,而圣聪闻知也。"上出其章,以示荆公。公耻为小人所荐,因极口陈其不可用而止。是时,祥正方从章惇辟,以军功迁殿中丞,及闻荆公上前之语,遂以本官致仕。

李师中平日议论多与荆公违戾,及荆公权盛,李欲合之,乃于舒州作传岩亭,盖以公尝倅舒,而始封又在舒也。吴孝宗对策,方诋熙宁新法。既而复为《巷议》十篇,言闾巷之间,皆议新法之善,写以投荆公。公薄其翻覆,尤不礼之。

本朝状元及第,不五六年即为两制,亦有十年至宰相者。章衡滞于馆职甚久,熙宁初冬月,圣驾出,馆职例当迎驾。方序立次,衡顾同列而叹曰:"顷年迎驾于此,眼看冻倒掌禹锡,倏忽已十年矣。"执政闻而怜之,遂得同修起注。

京师春秋社祭,多差两制摄事。王仆射珪为内外制十五年,祭社者屡矣。熙宁四年,复以翰林承旨摄太尉,因作诗曰:"鸡声初动晓骖催,又向灵坛饮福杯。自笑怡声不辞醉,明年强健更须来。"是冬,遂参知政事。

蔡挺自宝元以后历边任,至于熙宁初犹帅平凉,会边境无事,因作乐歌以教边人,有"谁念玉关人老"之句。此曲盛传都下,未几,召为枢密副使。

曾肇为集贤校理兼国子监直讲,修将作监敕。会其兄论市易事被责,执政怒未已,遂罢肇主判,滞于馆下,最为闲冷,又多希旨窥伺之者,众皆危之,曾处之恬然无闷。余尝赠之诗,有"直躬忘坎窞,祥履任嵾岏",盖谓是也。既而曾鲁公公亮薨,肇撰次其《行状》,上览而善之,即日有旨除史院编修官,复得主判局务。

进士及第后,例期集一月,其醵罚钱,奏宴局什物皆请同年分掌,又选最年少者二人为探花,使赋诗,世谓之"探花郎",自唐已来榜榜有之。熙宁中,吴人余中为状元,首乞罢期集,废宴席探花,以厚风俗,执政从之;既而擢中为国子监直讲,以为斯人真可以厚风俗矣。未几,坐受举人贿赂而升名第事下御史府,至荷校参对,狱具,停废。熙宁执政者力欲致风俗之厚,士人多为不情之事以希合,故中以探花为败风俗,而身抵赇墨之罪,此不情之甚者也。

陈绎晚为敦朴之状,时为之"热熟颜回"。熙宁中,台州推官孔文仲举制科,庭试对策,言时事有可痛哭太息者,执政恶而黜之。绎时为翰林学士,语于众曰:"文仲狂躁,真杜园贾谊也。"王平甫笑曰:"'杜园贾谊'可对'热熟颜回'。"合坐大噱,绎有惭色。杜园、热熟,皆当时鄙语。

熙宁八年,王荆公再秉政,既逐吕惠卿,而门下之人复为谀媚以自安。而荆公求告去尤切,有练亨甫者谓中丞邓绾曰:"公何不言于上,以殊礼待宰相,则庶几可留也。所谓殊礼,以丞相之礼雩为枢密使,诸弟皆为两制,婿侄皆馆职,京师赐地宅田邸,则为礼备矣。"绾一一如所戒而言,上察知其阿党,亦颔之而已。一日,荆公复于上前求去,上曰:"卿勉为朕留,朕当一一如卿所欲,但未有一稳便第宅耳。"荆公骇曰:"臣有何欲,而何为赐第?"上笑而不答。翌日,荆公恳请其由,上出绾所上章,荆公即乞推劾。先是,绾欲用其党方扬为台官,惧不厌人望,乃并彭汝砺而荐之,其实意在扬也。无何,上黜彭汝砺,绾遽表言:"臣素不知汝砺之为人,昨所举卤莽,乞不行前状。"即此二事,上察见其奸,遂落绾中丞,以本官知虢州。亨甫夺校书,为漳州推官。绾《制》曰:"操心颇僻,赋性奸回。论士荐人,不循分守。"又曰:"朕之待汝者,义形于色;汝之事朕者,志在于邪。"盖谓是也。

张谔检正中书五房公事,判司农事,上言"天下祠庙,岁时有烧香施利,乞依河渡坊场,召人买拆"。王荆公秉政,多主谔言,故凡司农启请,往往中书即自施行,不由中覆。卖庙敕既下,而天下祠庙各以紧慢,价直有差。南京有高辛庙,平日绝无祈祭,县吏抑勒,祝史仅能酬十千。是时,张方平留守南京,因抗疏言:"朝廷生财,当自有理,岂可以古先帝王祠庙卖与百姓,以规十千之利乎?"上览疏大骇,遂穷问其由,乃知张谔建言,而中书未尝覆奏。自是有旨,臣僚起请,必须奏禀,方得施行。卖庙事寻罢。

张谔判司农寺,吏人盗用公使库钱,事发,下开封府鞫劾,久之未决。谔阴以柬祷知府陈绎,俾勿支蔓,绎遂灭裂其事。上颇闻之,遂令移狱穷治,尽得谔请求之迹,狱具,落谔直舍人院,追两官,勒停,落绎翰林学士,降授秘书监知滁州。

曾鲁公识度精审,达练治体。当其在中书,方天下奏报纷纭,虽日月旷久,未尝有废忘之者。其为文章,尤长于四六,虽造次柬牍,亦属对精切。曾布为三司使,论市易事被黜,曾公有柬别之,略曰:"塞翁失马,今未足悲;楚相断蛇,后必为福。"曾赴饶州,道过金陵,为荆公诵之,亦叹爱不已。

王荆公初罢相,知金陵,作诗曰:"投老妇来一幅巾,君恩犹许备藩臣。芙蓉堂下观秋水,聊与龟鱼作主人。"及再罢,乞宫观,以会灵观使居钟山,又作诗曰:"乞得胶胶扰扰身,钟山松竹替埃尘。只将凫雁同为客,不与龟鱼作主人。"

王荆公在中书,作新经义以授学者,故太学诸生几及三千人,以至包展锡庆院、朝集院,尚不能容。又令判监直讲程第诸生之业,处以上、中、下三舍,而人间传以为凡试而中上舍者,朝廷将以不次升擢。于是轻薄书生,矫饰言行,坐作虚誉,奔走公卿之门者若市矣。会秋试有期,而御史黄廉上言:"乞不令直讲判监为开封国学试官。"又有饶州进士虞蕃伐登闻鼓,言:"凡试而中上舍者,非以势得,即以利进,孤寒才实者,例被黜落。"上即此二说,疑程考有私,遂下蕃于开封府。而蕃言参知政事元绛之子耆宁尝私荐其亲知,而京师富室郑居中、饶州进士章公弼等,用赂结直讲余中、王沇之、判监沈季长,而皆补中上舍。是时,许将权知开封府,恶蕃之告讦,抵之罪。上疑其不直,移劾于御史府,追逮甚众。而蕃言许将亦尝荐亲知于直讲,于是摄许将、元耆宁及监判沈季长、黄履、直讲余中、唐懿、叶涛、龚原、王沇之、沈铢等皆下狱。其间亦有受请求及纳赂者。狱具,许将落翰林学士,知蕲州。沈季长落直舍人院,迫官勒停。元耆宁落馆职,元绛罢参政,以本官知亳州。王沇之、余中皆除名,其余停任,诸生坐决杖编管者数十,而士子奔竞之风少挫矣。

卷之七

熙宁八年，吕惠卿为参知政事，权倾天下。时元参政绛为翰林学士、判群牧，常问三命僧化成曰："吕参政早晚为相？"化成曰："吕给事为参政，譬如草屋上置鸱吻耳。"元曰："然则其不安乎？"成曰："其黜免可立而待也。"是时春方半，元曰："事应在何时有消息？"成曰："在今年五月十七日。"元怃然不测，亦潜纪之。既而吕权日盛，台谏嗫口，无敢指议之者。会五月十七日，元退朝，因语府界提举蔡確曰："化成言吕参政祸在今日，真漫浪之语也。"二公相视而笑，遂同还群牧，促召成而诮之。成曰："言必无失，姑且俟之。"二公愈笑其术之非，既而化成告去，蔡亦上马。是时，曾待制孝宽同判群牧，薄晚来过厅，方即坐，元因访今日有何事，曾曰："但闻御史蔡承禧入札子，不知言何等事者也。"语未已，内探报，今日蔡察院言吕参政兄弟。元闻之大骇，乃以化成之言告曾公，既而吕罢政事，实始此日也。

熙河之役，高遵裕为总管，有高学究者，以宗人谒遵裕，因隶名军中。会王观文韶以兵攻香子城，学究从行。是日，合战大胜，至晚旋师，寨中官吏及召募人等皆贺，独不见高学究。遵裕叹曰："高生且死于敌矣。"已而士卒献俘馘于庭，以烛视之，则学究之首在焉。遵裕大骇，即推究所斩之人，有军士遽伏罪曰："是军回日暮，见高生独骑，遂斩以冒赏。"韶大怒，磔军士于辕门。

王荆公之次子名雱，为太常寺太祝，素有心疾，娶同郡庞氏女为妻。逾年生一子，雱以貌不类己，百计欲杀之，竟以悸死，又与其妻日相斗哄。荆公知其子失心，念其妇无罪，欲离异之，则恐其误被恶声，遂与择婿而嫁之。是时，有工部员外郎侯叔献者，荆公之门人也，取魏氏女为妻，少悍，叔献死而帏薄不肃，荆公奏逐魏氏妇归本家。京师有谚语曰："王太祝生前嫁妇，侯工部死后休妻。"

汴渠旧例：十月闭口，则舟楫不行。王荆公当国，欲通冬运，遂不令闭口。水既浅涩，舟不可行，而流冰颇损舟楫。于是以脚船数十,前设巨碓,以捣流冰;而役夫苦寒,死者甚众。京师有谚语曰:"昔有磨去磨平浆水,今见碓捣冬凌。"

有王永年者,娶宗室女,得右班殿直,监汝州税。时窦卞通判汝州,与之接熟。尔后卞知深州,永年复为州监押,益相亲昵,遂至通家。既而卞在京师,永年求监金曜门书库,卞为干提举监司杨绘,绘遂荐之。永年常置酒延卞、绘于私室,出其妻间坐。妻以左右手掬酒以饮卞、绘,谓之曰"白玉莲花杯",其亵狎至是。后永年盗卖库书,事发下狱,永年引卞,绘尝受其馈送,乃尝纳玑贝于两家,方穷治未竟,而永年死狱中。朝议有两制交通匪人,至为奸利,落绘翰林学士制知诰,降为荆南副使;落卞待制,降监舒州灵仙观。明年,卞卒于贬所。绘性少真,无检操,居荆南,日事游宴,往往与小人接。一日,出家妓延客夜饮,有选人胡师文预会。师文本鄂州豪民子,及第为荆南府学教授,尤少士检。半醉,狎侮绘之家妓,无所不至。绘妻自屏后窥之,大以为耻,叱妓入,挞于屏后。师文离席排绘,使呼妓出,绘愧于其妻,遽欲彻席。师文狂怒,奋拳殴绘,赖众客救之,几至委顿。近臣不自重,至为小人凌暴,士论尤鄙之。

寿州张侍中、抚州晏丞相俱葬阳翟地,相去数里。有发冢盗,先筑室于二冢之间,自其家窾穴以通其隧道。始发张墓,得金宝珠玉甚多,遂完其棺椁,以掩覆其穴。次发晏公墓,若有猛兽嗥吼,盗甚惧,遽出;呼其徒一人同入,又闻兵甲鼓噪之声,盗益惧;又呼一人同之,则寂然无响。三盗笑曰:"丞相之神,尽于是矣。"及穿椽椁,殊无所有,供设之器皆陶甓为之;又破其棺,棺中唯木胎金裹带壹条,金无数两,余皆衣服,腐朽如尘矣。盗失望而恚,遂以刀斧摩碎其骨而出。既而货张墓金盂于市,为人擒之,遂伏罪,及言其事。世谓均破冢而张以厚葬完躯,晏以薄葬碎骨,事有不可知如此者。

王介性轻率,语言无伦,时人以为心风。与王荆公旧交。公作诗曰:"吴兴太守美如何?柳恽诗才未足多。遥想郡人临下担,白蘋洲上起沧波。"其意以水值风即起波也。介谕其意,遂和十篇,盛气而诵于荆公,其一曰:"吴兴太守美如何?太守从来恶祝鮀。正直聪明神鬼畏,死时应合作阎罗。"荆公笑曰:"阎罗见阙,可速赴任也。"

张尧佐以进士擢第,累官至屯田员外郎、知开州。会其侄女有宠于仁宗,册为修媛,尧佐遂骤迁擢,一日中除宣徽、节度、景灵、群牧四使。是时,御史唐介上疏,引天宝杨国忠为戒,不报。又与谏官包拯、吴奎等七人论列殿上,既而御史中丞留百官班,欲以廷争,卒夺尧佐宣徽、景灵两使,特加介一品服,以旌敢言。未几,尧佐复除宣徽使,知河阳。唐谓同列曰:"是欲与宣徽,而假河阳为名耳。我曹岂可中已耶?"同列依违不前,唐遂独争之,不能夺。仁宗谕曰:"差除自是中书。"介遂极言宰相文彦博以灯笼锦媚贵妃,而致位宰相,今又以宣徽使结尧佐,请逐彦博而相富弼。又言谏官观望挟奸,而言涉宫掖,语甚切直。仁宗怒,趋召两府,以疏示之。介犹诤不已,枢密副使梁适叱介,使下殿,介诤愈切。仁宗大怒,玉音甚厉,众恐祸出不测。是时,蔡襄修《起居注》,立殿陛,即进曰:"介诚狂直,然纳谏容言,人主之美德,必望全贷。"遂贬春州别驾。翌日,御史中丞王举正救解之,改为英州别驾。始,上怒未已,两府窃议曰:"必重贬介,则彦博不安。彦博去,则吾属递迁矣。"既而果如其料。当是时,梅尧臣作《书窜》诗曰:"皇祐辛卯冬,十月十九日。御史唐子方,危言初造膝。日朝有臣奸,臣介所愤疾。愿条一二事,臣职敢妄率。臣奸宰相博,邪行世莫匹。曩时守成都,委曲媚贵昵。银珰插左貂,穷腊使驰驲。邦媛将夸侈,中赍金十镒。为我寄使君,奇纹织纤密。遂倾西蜀巧,日夜急鞭抶。红经纬金缕,排科斗八七。比比双莲花,篝灯戴心出。几日成一端,持行如鬼疾。明年观上元,被服稳称质。璨然惊上目,遽尔有薄诘。既闻所从来,佞对似未失。且云奉至尊,于妾岂能必。遂回天子颜,百事容丐乞。臣今得初陈,狡猾彼非一。偷威与卖利,次第推甲乙。是唯阴猾雄,仁断宜勇黜。必欲致太平,在列无如弼。弼亦昧平生,况臣不阿屈。臣言天下公,奚以身自恤?君旁有侧目,喑哑横诋叱。指言为罔上,废汝还蓬荜。是时白此心,尚不避斧锧。虽令禁魑魅,甘且同饴蜜。既如勿可惧,复以强词窒。帝声亦大厉,论奏不容必。介也容甚闲,猛士胆为栗。立贬岭外春,速欲为异物。内外臣恟恟,陛下何未悉?即敢救者谁?襄执左史笔。谓此傥不容,盛美有所咈。平明中执法,怀疏又坚述。介言或以狂,百岂无一实。恐伤四海和，幸勿若仓卒。讴许迁英州，衢路有嗟咄。翌日宣白麻，称快口盈溢。阿附连谏官，去若怀絮虱。其间因获利，窃笑等蚌鹬。英州五千里，瘦马行骁骁。毒蛇喷晓雾，昼与岚气没。妻孥不同途，风浪过蛟窟。存亡未可知，旅馆愁伤骨。饥仆时后先，随猿拾橡栗。越林多蔽天，黄甘杂丹橘。万室通酿酤，抚远无禁律。醉去不须钱，醒来弄鸣瑟。山水仍奇怪，已可消愁郁。莫作楚大夫，怀沙自沉汨。西汉梅子真，出为吴市卒。市卒且不惭，况兹别秉秩。"始尧臣作此诗，不敢示人。及欧阳文忠公为编其集，时有嫌避，又削去此诗，是以人少知者，故今尽录。

唐子方始弹张尧佐，与谏官皆上疏。及弹文公，则吴奎畏缩不前，当时为曳动阵脚。及唐争论于上前，遂并及奎之背约，执政又黜奎，而文公益不安，遂罢政事。时李师中作诗送唐，略曰："并游英俊颜何厚，未死奸谀骨已寒。"厚颜之句，为奎发也。

苗振以第四人及第，既而召试馆职。一日，谒晏丞相，晏语之曰："君久从吏事，必疏笔砚，今将就试，宜稍温习也。"振率然答曰："岂有三十年为老娘，而倒绷孩儿者乎？"晏公俯而哂之。既而试《泽宫选士赋》，韵押有"王"字，振押之曰："率土之滨莫非王。"由是不中选。晏公闻而笑曰："苗君竟倒绷孩儿矣。"

越州僧愿成客京师，能为符箓咒。时王雰幼子夜啼，用神咒而止，雰虽德之，然性靳啬。会章惇察访荆湖南北二路，朝廷有意经略溪洞，或云蛮人多行南法，畏符箓，雰即荐成于章。章至辰州，先遣张裕、李资、明夷中及成等，入南江受降。裕等至洞而秽乱蛮妇，酋田元猛者不胜其愤，尽缚来使，斩刈于柱。次至成，成掉颡求哀，元猛素佛事，乃不杀，押而遣之。愿成不以为耻，乃更乘大马拥桦斧以自从，称察访大师，犹以入洞之劳，得紫衣师号。时又有随州僧知缘，尝以医术供奉仁宗、英宗。熙宁中，朝廷取青唐武胜，缘遂因执政上言："乞往鄯、廓，见董毡，说令纳地。"上召见后苑，赐白金以遣行。遂自称经略大师，深为王韶所恶，罢归。朝廷怜其意，犹得左街首座，卒。

仁宗时，西戎方炽，韩魏公琦为经略招讨副使，欲五路进兵，以袭平夏。时范文公仲淹守庆州，坚持不可。是时，尹洙为秦州通判兼经略判官,一日,将魏公命至庆州,约范公以进兵。范公曰:"我师新败,士卒气沮,当自谨守,以观其变,岂可轻兵深入耶?以今观之,但见败形,未见胜势也。"洙叹曰:"公于此乃不及韩公也。韩公尝云:'大凡用兵,当先置胜败于度外。'今公乃区区过慎,此所以不及韩公也。"范公曰:"大军一动,万命所悬,而乃置于度外,仲淹未见其可。"洙议不合,遽还。魏公遂举兵入界,既而师次好水川,元昊设覆,全师陷没,大将任福死之。魏公遽还,至半途,而亡卒父兄妻子号于马首者几千人,皆持故衣纸钱招魂而哭曰:"汝昔从招讨出征,今招讨归而汝死矣。汝之魂识亦能从招讨以归乎?"既而哀恸声震天地,魏公不胜悲愤,掩泣驻马,不能前者数刻。范公闻而叹曰:"当是时,难置胜败于度外也?"

王韶罢枢密副使,以礼部侍郎知鄂州。一日宴客,出家妓奏乐。入夜席,客张绩沉醉,挽家妓不前,遽将拥之。家妓泣诉于韶,坐客皆失色。韶徐曰:"比出尔曹以娱宾,而乃令宾客失欢。"命取大杯罚家妓,既而容色不动,谈笑如故,人亦伏其量也。

王沂公曾当国,屡荐吕许公夷简。是时,明肃太后听政,沂公奏曰:"臣屡言吕夷简才望可当政柄,而两宫终未用,以臣度太后之意,不欲其班在枢密使张旻之上耳。且旻亦赤脚健儿,岂容妨贤如此?"太后曰:"固无此意,行且用夷简矣。"沂公曰:"两宫既以许臣,臣请即今宣召学士草麻。"太后从之。及许公大拜,渐与沂公不协。晚年睽异,势同水火,当时士大夫各有附丽,故庆历中朝廷有党人之论矣。

卷之八

　　陈恭公初罢政，判亳州，年六十九。遇生日，亲族往往献《老人星图》以为寿，独其侄世修献《范蠡游五湖图》，且赞曰："贤哉陶朱，霸越平吴。名遂身退，扁舟五湖。"恭公甚喜，即日上表纳节。明年，累表求退，遂以司徒致仕。

　　熙宁初，有朝士忘其氏，知河中府龙门县。有薛少卿占籍是邑，一旦为盗斫坟茔之松槚，薛君投牒，诉其事。朝士，迂儒也，喜为异论，乃判其状曰："周文王之苑囿，独得刍荛；薛少卿之坟茔，乃禁樵采。"时又有周师厚者，为荆湖北路提举常平永利。是时，初定募役之法，师厚书成，上于司农，其间曰："散从官逐月佣钱三贯文，如遇差作市买，即每月添钱一贯文。"

　　明肃太后临朝，一日，问宰相曰："福州陈绛赃污狼籍，卿等闻否？"王沂公对曰："亦颇闻之。"太后曰："既闻而不劾，何也？"沂公曰："方外之事，须本路监司发摘；不然台谏有言，中书方可施行。今事自中出，万一传闻不实，即所损又大也。"太后曰："速选有风力更事任一人为福建路转运使。"二相禀旨而退，至中书，沂公曰："陈绛，猾吏也，非王耿不足以擒之。"立命进熟。吕许公俯首曰："王耿亦可惜也。"沂公不谕。时耿为侍御史，遂以转运使。耿拜命之次日，有福建路衙校拜于马首，云："押进奉荔支到京。"耿偶问其道路山川风候，而其校应对详明，动合意旨。耿遂密访绛所为，校辄泣曰："福州之人，以为终世不见天日也，岂料端公赐问。"然某尤为绛所苦者也，遂条陈数十事，皆不法之极。耿大喜，遂留校于行台，俾之干事。耿子不肖，私纳校玑瑁器皿。洎至闽中，耿尽发校所言之事，既置诏狱，事皆不实，而校遽首常纳禁器于耿子。事闻，太后大怒，下耿吏，狱具，谪耿淮南副使，皆如许公之料也。

　　刘攽博学有俊才，然滑稽，喜谑玩，屡以犯人。熙宁中，为开封府试官，出临以《教思无穷论》，举人上请曰："此卦大象如何？"刘曰："要见大象，当诣南御苑也。"又有请曰："至于八月有凶，何也？"答曰："九月固有凶矣。"盖南苑豢驯象，而榜帖之出，常在八月九月之间也。马默为台官，弹奏放轻薄，不当置在文馆。放闻而叹曰："既为马默，岂合驴鸣？"吕嘉问提举市易务，三司使曾布劾其违法，王荆公惑党人之说，反以罪三司。曾既隔，下朝请，而嘉问治事如故。放闻而叹曰："岂意曾子避席，望之俨然乎？"望之，嘉问字也。

熙宁中，曾孝宽以端明殿学士签书枢密院公事，未几，以父鲁公忧解去。服除，判司农寺。旧例：百官以事至中书，即宰相据案，百官北向而坐。前两府白事，即宰去案，叙宾主东西行坐，时谓之掇案。及孝宽之至司农也，吴正宪公当国，不以前两府礼之待之，每至中书，不为掇案。自后每有建白，止令同判寺太常博士周直儒诣中书，孝宽不至矣，正宪颇疑之。未几，除直儒为两浙提刑，以张璪判寺，璪为翰林学士，班在端明之上，乃本寺官长也。异时白事，皆璪诣中书，而孝宽亦竟不至，于是正宪知其果以掇案为嫌，而世亦讥其隘矣。

尚书郎李观自言：为进士时，往游南岳，道过潭州圣旗亭买酒，忽有一人荷竹筿，持钉校之具径至，问观曰："闻君将之南岳，颇识养素先生蓝方否？"观曰："固将往见之。"其人曰："奉烦寄声云：刘处士奉问先生，十月怀胎，如何出得？"言讫，径出不顾。观至南岳访方，具道其语，方悚然惊异，因问曰："其人眉间得无有白志乎？"观曰："然。"方大惊，叹曰："吾不遇是人，命也！此所谓刘海蟾者也。吾养圣胎已成，患无术以出之，念非斯人不足以成吾道。今声闻相通而不得接，吾之道不成矣。"观急回，访于潭州，已亡所在。是年方卒。

萧注在仁宗时以阁门使知邕州几十年，屡献取交趾之谋，朝廷不从。末年，交趾寇左、右江，杀巡检左明、宋士尧等，注坐备御无状，降为荆南钤辖。是时，李师中为广西提点刑狱，又言"注在邕州擅发洞丁采金矿，无文历钩考"，遂下注桂州狱，狱具，贬秦州团练副使，移洪州节度副使。英宗即位，起为监门卫将军、邠州都监，移渭州钤辖，又知宁州。神宗即位，王荆公执政，注度朝廷方以开边为意，又以黜官未复，思有以动君相之意，乃言向日久在邕州，知交趾可取。朝廷遽召，复阁门使，俾知桂州兼广西经略安抚。注至桂二年，而缪悠无状，有旨召还,死于潭州。然朝廷尚以交趾为可取,又以沈起知桂州。起至桂,先取宜州王口寨,而兵屡折衄;又作战舰聚军储,虽兴作百端,而不中机。会朝廷疑其逗留,移知潭州,而以刘彝守桂。既而计谋喧露,一旦交趾浮海载兵击陷廉、白、钦三郡,围邕州,仅四十日,城陷,杀知州苏缄,屠其城,掠四郡生口而去。朝廷尽鉴前后守臣之罪,以次贬出,赠苏缄节度使,料秦晋锐兵十万人,发车骑讨南,诏以赵卨为经略使。卨引郭逵共事,遂以逵为宣徽使,而卨副之。逵顿兵邕州,久之,进克广源州杭郎县,而贼据富良江以扼我师。逵闭壁四十日,竟不能度;既而粮道不继,瘴毒日甚,十万之众死亡十九,仅得交趾降表,遂班师。朝廷夺逵宣徽使而斥之,卨亦削官,而建广源为顺州。明年,交人始入贡,广源岚瘴特甚,自置州,凡知州及官吏戍兵至者辄死,数年间,死者不可纪。每更戍之卒决知不还,皆与骨肉死别,至举营号哭不绝者月余,以是人情极不安。会曾布帅桂,擒得交趾将侬智春,交人稍惧,曾因建议乞因此机会,许交趾还向所虏生口而弃顺州,朝廷从之。明年,交人归生口数百,遂以广源与之。复曾龙图阁直学士,将佐迁官有差。自萧注等为经略,或挟诈以罔上下,或不绥御远人,致陷四郡。而郭逵逗挠自毙,仅得广源,又不可守,竟弃之,生口十不得一,而朝廷财费亿万,二广之民自此大困。

侯叔献为氾县尉,有逃佃及户绝没官田最多,虽累经检估,或云定价不均。内有一李诚庄,方圆十里,河贯其中,尤为膏腴,府佃户百家,岁纳租课,亦皆奥族矣。前已估及一万五千贯,未有人承买者。贾魏公当国,欲添为二万贯卖之,遂命陈道古衔命计会本县令佐,视田美恶而增损其价。道古至氾,阅视诸田,而议增李田之直。叔献曰:“李田本以价高,故无人承买;今又增五千贯,何也?”坚持不可。道古雅知叔献不可欺,因以其事语之,叔献叹曰:“郎中知此田本末乎? 李诚者,太祖时为邑酒务专知官,以氾水溢,不能救护官物,遂估所损物直计五千贯,勒诚偿之。是时,朝廷出度支使钱,俵民间预买箭秆雕翎弓弩之材。未几,李重进叛,王师征淮南,而预买翎秆未集,太祖大怒,一应欠负官钱者田产并令籍没。诚非预买之人,而当时官吏畏惧不敢开析,故此田亦在籍没。今诚有子孙,见居邑中,相国纵未能恤其无辜而以田给之，莫若损五千贯，俾诚孙买之为便。"道古大惊曰："始实不知，但受命而来，审如是，君言为当，而吾亦有以报相国矣。"即损五千贯而去。叔献乃召诚孙，俾买其田，孙曰："实荷公惠，奈甚贫何？"叔献曰："吾有策矣。"即召见佃百户，谕之曰："汝辈本皆下户，因佃李庄之利，今皆建大第高廪，更为豪民。今李孙欲买田，而患无力，若使他买之，必遣汝辈矣。汝辈必毁宅撒廪，离业而去，不免流离失职。何若醵钱借与诚孙，俾得此田，而汝辈常为佃户，不失居业，而两获所利耶？"皆拜曰："愿如公言。"由是诚孙卒得此田矣。叔献之为尉，与管界巡检者相善，县多盗贼，巡检每与叔献约，闻盗起，当急相报。一旦有强盗十六人经其邑，叔献尽擒之。既而叹曰："巡检岂以我为负约耶！机会之速不及报，然不可夺其功也。"于是尽推捕盗之劳于其下，而竟不受赏。当其获盗时，叔献躬押至开封府，府尹李绚谓曰："子之才能，吾深知之，子可一见本官推官判官，吾当率以同状荐子也。"叔献辞曰："本以公事至府，事毕归邑。若投谒以求荐，非我志也。"竟不面推官判官而去。

京师置杂物务，买内所须之物，而内东门复有字号，径下诸行市物，以供禁中。凡行铺供物之后，往往经岁不给其直，至于积钱至千万者，或云其直寻给，而勾当内门内臣故为稽滞，京师甚苦之。蔡襄尹京兆，询知其弊，建言乞取内东门买物字号付杂买务，今后乞不令内东门买物，遇逐月宫中请俸钱时，许杂买具供过物价，径牒内藏库截支，以给行人。仁宗大以为然，其事至今行矣。

熙宁中，高丽人使至京，语知开封府元绛曰："闻内翰与王安国相善，本国欲得其歌诗，愿内翰访求之。"元自往见平甫，求其题咏，方大雪，平甫以诗戏元，略曰："岂意诗仙来凤沼，为传贾客过鸡林。"即其事也。

麟州踞河外，扼西夏之冲，但城中无井，唯有一沙泉，在城外，其地善崩，俗谓之抽沙，每欲包展入壁，而土陷不可城。庆历中，有戎人谓元昊云："麟州无井，若围之，半月即兵民渴死矣。"元昊即以兵围之，数日不解，城中大窘。有军士献策曰："彼围不解，必以无水穷我。今愿取沟泥，使人乘高以泥草积，使贼见之，亦伐谋之一端也。"州将从之。元昊望见，遽语献策戎人曰："尔言无井，今乃有泥以护草积，何也?"即斩戎而解去。此时虽幸脱，然终以无水为忧。熙宁中，吕公弼帅河东，令勾当公事邓子乔往视其地，子乔曰："古有拔轴法，谓掘去抽沙，而实以炭末，墐土即其上，可以筑城，城亦不复崩矣。愿用是法，包展沙泉，使在城内，则此州守也。"吕从之，于是大兴版筑，而包泉入城，至今城坚不陷，而新秦可守矣。

吴奎为参知政事，会御史中丞王陶以韩魏公不肯押班事，其言兼及两府，奎乃上章言："迩来天文谪见，皆为王陶召之。"又尝于上前荐滕甫可为边帅，上问其故，奎曰："滕甫不唯将略可取，至于躯干膂力，自可被两重铁甲。"异时，上语其事于侍臣，且曰："吴奎论事，大概皆此类也。"

元昊分山界战士为二箱，命两将统之，刚浪陵统明堂左箱，野利遇乞统天都右箱，二将能用兵，山界人户善战，中间刘平、石元孙、任福、葛怀敏之败，皆二将之谋也。庆历中，种世衡守青涧城，谋用间以离之。有悟空寺僧光信者，落魄耽酒，边人谓之"土和尚"，多往来蕃部中。世衡尝厚给酒肉，善遇之，一日语信曰："我有书答野利相公，若我为赍之。"即以书授信。临发，复召饮之酒而谓曰："寨外苦寒，吾为若纳一袄，可衣之以行，回日当复以归我。"信始及山界，即为逻兵所擒，及得赍书以见元昊。元昊发其书，即寻常寒暄之问。元昊疑之，遂缚信拷掠千余，至胁以兵刃，信终言无它。元昊益疑，顾见信所衣之袄甚新洁，立命劈折，即中得与遇乞之书，其言："前承书有归投之约，寻闻朝廷及云，只候信回得报，当如期举兵入界，惟尽以一箱人马为内应，傥获元昊，朝廷当以靖难军节度使、西平王奉赏。"元昊大怒，自此夺遇乞之兵，既又杀之。遇乞死，山界无良将统领，不复有侵掠之患，而边陲亦少安矣。洎西戎入贡，信得归，改名嵩，仕终左藏库副使。

卷之九

　　王荆公与唐质肃公介同为参知政事，议论未尝少合。荆公雅爱冯道，尝谓其能屈身以安人，如诸佛菩萨之行。一日，于上前语及此事，介曰："道为宰相，使天下易四姓，身事十主，此得为纯臣乎？"荆公曰："伊尹五就汤、五就桀者，正在安人而已，岂可亦谓之非纯臣也！"质肃曰："有伊尹之志则可。"荆公为之变色。其议论不合，多至相侵，率此类也。

　　刘攽、王介同为开封府试官，举人有用"畜"字者，介谓音犯主上嫌名，攽谓礼部先未尝定此名为讳，不可用以黜落，因纷争不已，而介以恶语侵攽，攽不校。既而御史张戬、程颢并弹之，遂皆赎金。御史中丞吕公著又以为议罪太轻，遂夺其主判，其实中丞不乐攽也。谢表略曰："弴弩射市，薄命难逃。飘瓦在前，忮心不校。"又曰："在矢人之术，唯恐不伤；而田主之牛，夺之已甚。"盖谓是也。

　　陈恭公执中为相，事方严少和裕，尤恶士大夫之急进。庆历末，有郎官范祥上言解盐利害，朝廷遂除祥陕西提刑兼制置盐事，祥诣中书巡白曰："提点刑狱而兼利权，殆非无故，乞纳敕别俟差遣。"恭公曰："提点刑狱乃足下资序合入，制置盐事乃国家试才，比已降敕陕西都运司，以解盐事尽交与提刑司管勾，而足下之意将如何也？苟有补于朝廷，固不惜一转运司也，若静言庸违，自有诛责，岂可预欲侥求！"祥以言中其隐，震灼而去。至和初，王荆公力辞召试，而有旨与在京差遣，遂除群牧判官。时沈康为馆职，诣恭公曰："某久在馆下，屡求为群牧判官而不得，王安石是不带职朝官，又历任比某为浅，必望改易。"恭公曰："王安石辞让召试，故朝廷优与差遣，岂复屑屑计资任也。朝廷设馆阁以待天下之才，亦当爵位相先，而乃争夺如此，学士之颜视王君宜厚矣。"康惭沮而去。

　　明肃太后临朝，袭真宗政事，留心庶狱，日遣中使至军巡院、御史台，体问鞫囚情节。又好问外事，每中使出入，必委曲询究，故百司细微，无不知者。有孙良孺为军巡判官，喜诈伪，能为朴野之状。一日，市布数十端，杂染五色，陈于庭下。中使怪而问之，良孺曰："家有一女，出适在近，与之作少衣物也。"中使大骇，回为太后言之。太后叹其清苦，即命厚赐金帛。京师人多赁马出入，驭者先许其直，必问曰："一去耶？却来耶？"苟乘以往来，则其价倍于一去也。良孺以贫，不养马，每出，必赁之。一日，将押辟囚弃市，而赁马以往，其驭者问曰："官人将何之？"良孺曰："至法场头。"驭者曰："一去耶？却来耶？"闻者骇笑。

杨安国，胶东经生也，累官至天章阁侍讲。其为人讦激矫伪，言行鄙朴，动有可笑；每进讲则杂以俚下鄽市之语，自宸坐至侍臣、中官见其举止，已先发笑。一日，侍仁宗，讲至"一箪食，一瓢饮"，安国操东音曰："颜回甚穷，但有一罗粟米饭，一葫芦浆水。"又讲"自行束脩以上，吾未尝无诲焉"，安国遽启曰："官家，昔孔子教人也，须要钱。"仁宗哂之。翌日，遍赐讲官，皆恳辞不拜，唯安国受之而已。时又有彭乘为翰林学士，文章诰命尤为可笑。有边帅乞朝觐，仁宗许其候秋凉即途，乘为批答之诏曰："当俟萧萧之候，爰堪靡靡之行。"田况之成都府，会西蜀荒歉，饥民流离，况始入剑门，即发仓赈济，既而上表待罪，乘又当批答曰："才度岩岩之险，便兴恻恻之情。"王琪情滑稽，多所侮诮，及乘死也，琪为挽词，有"最是萧萧句，无人继后风"，盖谓是耳。

刘彝所至多善政，其知处州也，会江西饥歉，民多弃子于道上，彝揭榜通衢，召人收养，日给广会仓米二升，每月一次，抱至官中看视。又推行于县镇。细民利二升之给，皆为子养，故一境弃子无夭阏者。一日，谒曾鲁公公亮，鲁公曰："久知都官治状，屡欲进擢，然议论有所不合，姑少迟之，吾终不忘也。"彝曰："人之淹速诎伸，亦皆有命。今姓名已蒙记，而尚屈于不合之论，亦某之命也。"鲁公叹曰："比来士大夫见执政，未始不有求。求而不得，即多归怨，而君乃引命自安。吾待罪政府将十年，未见如君之言。"

熙宁初，富郑公弼、曾鲁公公亮为相，唐质肃公介、赵少师忭、王荆公安石为参知政事。是时，荆公方得君，锐意新美天下之政，自宰执同列无一人议论稍合，而台谏章疏攻击者无虚日，吕诲、范纯仁、钱颛、钱颢之伦尤极诋訾，天下之人皆莫为生事。是时，郑公以病足，鲁公以年老，皆去。唐质肃屡争上前，不能；未几，疽发于背而死。赵少师力不胜，但终日叹息，遇一事更改，即声苦者数十。故当时谓中书有生、老、病、死、苦，言介甫生、明仲老、彦国病、子方死、悦道苦也。

欧阳文忠公自历官至为两府，凡有建明于上前，其词意坚确，持守不变，且勇于敢为，王荆公尝叹其可任大事。及荆公辅政，多所更张，而同列少与合者。是时，欧阳公以观文殿学士知蔡州。荆公乃进之为宣徽使，判太原府，许朝觐，意在引之执政，以同新天下之政。而欧阳公惩濮邸之事，深畏多言，遂力辞恩命，继以请老而去。荆公深叹惜之。

富郑公弼，庆历中以知制诰使北虏还。仁宗嘉其有劳，命为枢密副使，郑公力辞不拜，乃改资政殿学士。一日，王拱辰言于上曰："富弼亦何功之有？但能捐金帛之数，厚夷狄而弊中国耳！"仁宗曰："不然。朕所爱者，土宇生民尔，财物非所惜也。"拱辰曰："财物岂不出于生民耶？"仁宗曰："国家经费，取之非一日之积，岁出以赐夷狄，亦未至困民。若兵兴调发，岁出不赀，非若今之缓取也。"拱辰曰："犬戎无厌，好窥中国之隙。且陛下只有一女，万一欲请和亲，则如之何？"仁宗悯然动色曰："苟利社稷，朕亦岂爱一女耶？"拱辰言塞，且知潜之不行也，遽曰："臣不知陛下能屈己爱民如此，真尧舜之主也。"洒泣再拜而出。

许将坐太学狱，下御史台禁勘，仅一月日，泊伏罪，台吏告曰："内翰今晚当出矣。"许曰："审如是，当为白中丞，俾告本家取马也。"至晚欲放，中丞蔡确曰："案中尚有一节未完，须再供答。"及对毕，开门，已及二更已后，而从人谓许未出，人马却还矣。许坐于台门，不能进退，适有逻卒过前，遂呼告之曰："我台中放出官员也，病不能行，可烦为于市桥赁一马。"逻卒怜之，与呼一马至，遂跨而行。是时，许初罢判开封府，税居于甜水巷，驭者惧逼夜禁，急鞭马跃，许失绥坠地，腰膝尽伤。驭者扶之于鞍，又疾驱而去，至则宅门已闭。许下马坐于砌上，俾驭者扣门，久之无应者。驭者曰："愿得主名以呼之。"许曰："但云内翰已归可也。"驭者方知其为判官许内翰,且惧获坠马之罪,遽策而走。许以坠伤,气息不属,不能起以扣门,又无力呼叫,是时十月,京师已寒,地坐至晓,迨宅门开始得入。

仁宗初逐林瑀,一日,执政事奏罢,谈时政,而共美上以聪明睿知洞察小人情状。仁宗曰:"卿等谓林瑀去,而朝廷遂无小人耶?"执政曰:"未谕圣旨,不识小人为谁?"仁宗从容曰:"苏绅可侍读学士,知河阳。"

庆历中,吕许公罢政事,以司徒归第,拜晏元献公殊、章郇公得象为相,又以谏官欧阳修、余靖上疏,罢夏竦枢密使,其它升拜不一。时石介为国子监直讲,献《庆历圣德颂》,褒贬甚峻,而于夏竦尤极诋斥,至目之为不肖,及有"手锄奸桧"之句。颂出,泰山孙复谓介曰:"子之祸自此始矣。"未几,党议起,介在指名,遂罢监事,通判濮州,归徂徕山而病卒。会山东举子孔直温谋反,或言直温尝从介学,于是英公言于仁宗曰:"介实不死,北走胡矣。"寻有旨编管介之子于江、淮,又出中使与京东部刺史发介棺以验虚实。是时,吕居简为京东转运使,谓中使曰:"若发棺空而介果北走,则虽孥戮,不足以为酷。万一介尸在,未尝叛去,即是朝廷无故剖人冢墓,何以示后世耶?"中使曰:"诚如金部言,然则若之何以应中旨?"居简曰:"介之死,必有棺敛之人,又内外亲族及会葬门生无虑数百,至于举枢窆棺,必用凶肆之人,今皆檄召至此,劾问之,苟无异说,即皆令具军令状,以保任之,亦足以应诏也。"中使大以为然,遂自介亲属及门人姜潜已下并凶肆棺敛窆枢之人合数百状,皆结罪保证。中使持以入奏,仁宗亦悟竦之谮,寻有旨放介妻子还乡,而世以居简为长者。

夏郑公之死也,仁宗将往浇奠,吴奎言于上曰:"夏竦多诈,今亦死矣。"仁宗怃然,至其家浇奠毕,踌躇久之,命大阉去竦面幕而视之。世谓剖棺之与去面幕,其为人主疑一也,亦所谓报应者耶!

西戎初叛,范雍以节度使知延州。环庆大将刘平、石元孙之兵二万自合水走延州,次郭堡,平去延州三十里,令军士晚餐毕,列队而行,至地名大柳树,去延州二十里。日向夕,忽有来使,俗谓急脚子者宣状,且云:"延州范太尉传语已在东门奉候,然暮夜入门,恐透漏奸细，请弯放人马，庶辨真伪也。"二将唯诺，遂下马，据胡床，躬拨队伍，每一队行及五里以来，又放一队，将及一更以后，约放及五十队矣，二将忽顾问急脚子，已失所在。二将大惊，遽使人侦视，即云延州城上并无灯火，而前队不知所之矣。二将知有变，遂整阵而前，至五龙川，去延州才五里，人心稍安，忽四山鼓角鸣，埃烟斗合，蕃兵墙进，倐忽之际，已陷重围。盖西贼前一夕偷号入金明寨，杀李士彬，故东北路断而贼兵压境，以致二将于覆中，延州俱不知也。是时，监军内臣黄德和以兵三千屯娘娘谷，去五龙川不及十里矣。方兵势窘甚，裨将郭遵策马奋刃，突围而出，请救于德和，德和畏惧不敢前，而更拒以他语。遵又赴延州求救于雍，已城守不出，逮晓，全师俱没，二将面缚，遵亦战死。德和是夕引兵由娘娘谷东南指鄜州路遁去，蕃兵遂围延州，州几陷，会大雪，戎马多冻死，乃解去。德和诬奏二将降贼，朝廷疑之，有旨禁其家属出，御史文彦博鞫劾，彦博具得德和按兵不救及枉路遁还之状，又明二将不降。朝廷命斩德和于河中府，解二将家属禁锢而录其子孙焉。

李重进之叛也，有二子方为宿卫。太祖夜召面语之曰："而父何苦反耶？江、淮兵弱，又无良将，谁与共图事者？汝速乘传往晓之，吾不杀汝也。"二子伏泣战汗，太祖趣遣之。重进方坐辕门，与诸军议事，忽二子至，又闻圣语，皆相顾大骇；士卒闻之，惊疑不测，而有向背之意。俄而王师压境，重进不知所为，与家属赴火死，扬州平。

太祖圣性至仁，虽用兵，亦戒杀戮。亲征太原，道经潞州麻衣和尚院，躬祷于佛前曰："此行上以吊伐为意，誓不杀一人。"开宝中，遣将平金陵，亲召曹彬、潘美戒之曰："城陷之日，慎无杀戮。设若困斗，则李煜一门，不可加害。"故彬于江南得王师吊伐之体，由圣训丁宁也。真宗常语宰臣，以河东之役，兵力十倍，当一举克捷，良由上党发愿之时，左右有闻之者，贼闻此语，知神兵自戢，故坚守不下，至烦再举也。

卷之十

曹翰以罪谪为汝州副使,凡数年。一日,有内侍使京西,朝辞日,太宗密谕之曰:"卿至汝州,当一访曹翰,观其良苦,然慎勿泄我意也。"内侍如旨,往见,因序其迁谪之久。翰泣曰:"罪犯深重,感圣恩不杀,死无以报,敢诉苦耶?但以口众食贫,不能度日,幸内侍哀怜,欲以故衣质十千以继饭粥,可乎?"内侍曰:"太尉有所须,敢不应命,何烦质也。"翰固不可,于是封裹一复以授,内侍收复,以十千答之。洎回奏翰语及言质衣事,太宗命取其复,开视之,乃一大幅画幛,题曰"下江南图"。太宗恻然,念其功,即日有旨诏赴阙,稍复金吾将军。盖江南之役,翰为先锋也。

仁宗以西戎方炽,叹人才之乏,凡有一介之善,必收录之。杜丞相衍经抚关中,荐长安布衣雷简夫才器可任,遂命赐对于便殿。简夫辩给,善敷奏,条列西事甚详,仁宗嘉之,即降旨中书,令照真宗召种放故事。是时,吕许公当国,为上言曰:"臣观士大夫有口才者未必有实效,今遽爵之以美官,异时用有不周,即难于进退。莫若且除一官,徐观其能,果可用,迁擢未晚。"仁宗以为然,遂除耀州幕官。简夫后累官至员外郎、三司判官,而才实无大过人者。

自王均、李顺之乱后,凡官于蜀者,多不挈家以行,至今成都犹有此禁。张咏知益州,单骑赴任,是时一府官属,惮张之严峻,莫敢蓄婢使者。张不欲绝人情,遂自买一婢,以侍巾栉,自此官属稍稍置姬属矣。张在蜀四年,被召还阙,呼婢父母,出资以嫁之,仍处女也。张在蜀,一日,有术士上谒,自言能锻汞为白金。张曰:"若能一火锻百两乎?"术士曰:"能之。"张即市汞百两俾锻,一火而成,不耗铢两。张叹曰:"若之术至矣!然此物不可用于私家。"立命工锻为一大火炉,凿其腹曰:"充大慈寺殿上公用。"寻送寺中。以酒榼遗术者而谢绝之,人伏其不欺也。

曾布以翰林学士权三司使,坐言市易事落职,知饶州。舍人许将当制，颇多斥词，制下，将往见曾而告曰："始得词头，深欲缴纳，又思之，衅隙如此，不过同贬耳，于公无所益也，遂黾勉为此。然其中语言颇经改易，公它日当自知也。"曾曰："君不闻宋子京之事乎？昔晏元献当国，子京为翰林学士，晏爱宋之才，雅欲旦夕相见，遂税一第于旁近，延居之，其亲密如此。遇中秋，晏公启宴，召宋，出妓，饮酒赋诗，达旦方罢。翌日罢相，宋当草词，颇极诋斥，至有'广营产以殖私，多役兵而归利'之语。方子京挥毫之际，昨夕余醒尚在，左右观者亦骇叹。盖此事由来久矣，何足校耶！"许亦怃然而去。

天圣五年，王文安公尧臣状元及第，释褐将作监丞、通判湖州。是年，狄武襄公青始投拱圣营为卒，晚年同入枢密院，武襄为使，文安副焉。

宋郑公庠初为翰林学士，仁宗尝对执政称其文学才望可大用者，候两府有缺，进名。是时，曾鲁公公亮为馆职，在京师，传闻上有此言，遽过郑公而贺之。郑公蹙额曰："审有是言，免祸幸矣。"鲁公惘然不测而退。明年，枢副阙，执政进名，仁宗熟视久之，徐曰："召张观。"执政曰："去岁得旨欲用宋庠。"仁宗曰："观是先朝状元，合先用也。"又尝对执政称三司使杨察、判开封府王拱辰才望履历，将来两府有阙，进此二人。既而梁庄肃公适罢相，两府次迁，执政以二人名闻，仁宗曰："可召程戡。"执政复以异时上语奏陈，仁宗曰："若遂用察等，是二人之策得行也。"执政遂不敢言。盖梁公之出，或云察等所挤，上之英鉴，皆类此也。

先朝翰林学士不领它局，故俸给最薄。杨亿久为学士，有乞郡表，其略曰："虚忝甘泉之从官，终作莫敖之饿鬼。"又有"方朔之饥欲死"之句，自后乃得判他局。至元丰改官制，而学士无主判如先朝矣。

丁宝臣守端州，侬智高入境，宝臣弃州遁，坐废累年。嘉祐末，大臣荐，得编校馆阁书籍，久之，除集贤校理。是时，苏寀新得御史知杂，首采其端州弃城事，遂出宝臣通判永州。士大夫皆惜其去，王存有诗云："病鸢方振翼，饥隼乍离韝。"盖谓是也。

曾鲁公公亮自嘉祐秉政，至熙宁中尚在中书，虽年甚高而精力不衰，故台谏无非之者，唯李复圭以为不可，作诗云："老凤池边蹲不去，饿乌台上噤无声。"未几，鲁公亦致仕而去。

熙宁以来，凡近臣有风望者，同列忌其进用，多求瑕额以沮之，百方挑抉，以撼上听。曾子先罢司农也，吕吉甫代之，遽乞令天下言司农未尽未便之事件。张粹明罢司农也，舒亶代之，尽纳丞簿，言不了事件甚众。又河北、陕西、河东为帅者，各矜功徼进，往往暴漏边事，污蔑邻帅得罪，则边功在己。此风久矣，而熙宁、元丰为甚也。

光禄卿巩申，佞而好进，老为省判，趋附不已。王荆公为相，每生日，朝士献诗颂，僧道献功德疏以为寿，與皂走卒皆笼雀鸽，就宅放之，谓之放生。申既不闲诗什，又不能诵经，于是以大笼贮雀；诣客次，摺笏开笼，且祝曰："愿相公一百二十岁。"时有边寨之主妻病，而虞候割股以献者，天下骇笑。或对曰："虞候为县君割股，大卿与丞相放生。"

嘉祐中，文潞公、富郑公为相，刘丞相沆、王文安公尧臣为参知政事，始议立皇嗣，而事秘不传，虽英宗亦莫知也。元丰中，文安子同老上书，言"先帝之立，乃先臣在政府始议也，其始终事并藏于家"。及宣取，上惊叹久之。是时，郑公、刘公、王公皆已薨，独潞公留守西京，遽召至阙，慰藉恩礼，穷极隆厚，册拜太尉。及还西都，上作诗送行，有"报主不言功"之句。两府并出饯，皆有诗，王丞相禹玉诗有"功业特高嘉祐末，精神如破贝州时"，盖谓是也。

余充为环庆经略使，风涎暴卒，素善王中正，中正多意外称之。一日，上前言及充之死，中正曰："充素道理性，至其卒时，并无疾痛，倏忽而逝。"上一日以中正之言称于刘惟简，惟简曰："以臣观之，恐只是猝死也。"

吴冲卿初作相，亦以收拾人物为先，首荐齐谟并亮采。洎二人登对，咸不称旨，又荐李师德为台官，而师德不才。自是秉政数年，以至薨日，更不复荐士，而三人者，亦竟无闻于时也。

嘉祐中，近臣执政多表乞立皇嗣，或云蔡襄独有异议。洎英宗立，襄方为三司使，仁宗山陵，用度百出，而财用初甚窘，洎蔡夙夜经画，仅能给足，用是数被诘责。永昭复立，蔡遂乞杭州，英宗即允所请。韩魏公时为相，因奏曰："自来两制请郡，须三两章，今一请而允，礼数似太简也。"英宗曰:"使襄不再乞,则如之何?"卒与杭州。其为上不喜如此。

英宗素愤戚里之奢僭,初即位,殿前马步军都指挥使李璋家犯销金,即日下有司,必欲穷治。知开封府沈遘从容奏曰:"陛下出继仁宗,李璋乃仁宗舅家也。"英宗惕然曰:"初不思也,学士为我平之。"遘退坐府,召众匠出衣示曰:"此销金乎?销铜乎?"匠曰:"铜也。"沈即命火焚衣而罢。

司农少卿朱寿昌,方在襁褓,而所生母被出。及长,仕于四方,孜孜寻访不逮。治平中,官至正郎矣。或传其母嫁于关中民妻,寿昌即弃官入关中,得母于陕州。士大夫嘉其孝节,多以歌诗美之。苏子瞻为作诗序,且讥激世人之不养母者。李定见其序,大愧恨,会定为中丞,劾轼尝作诗谤讪朝廷。事下御史府鞫劾,将致不测,赖上保持之,止黜轼黄州团练副使。轼素喜作诗,自是咋舌,不敢为一字。

王拱辰自翰林承旨除宣徽使,张方平自承旨为参知政事,不数日,而以忧去,服除,亦以宣徽使学士院,以承旨阁子为不利市,凡入翰林无肯居之者。熙宁初,王珪为承旨,韩绛戏之曰:"禹玉行将入宣徽营矣。"未几,禹玉除参知政事,不久遂大拜,元丰官制改换左仆射,凡秉政十五年而卒于位,近世承旨之达无比也。

进退宰相,其帖例草仪皆出翰林学士。旧制:学士有阙,则第一厅舍人为之。嘉祐末,王荆公为阁老,会学士有阙,韩魏公素忌介甫,不欲使之入禁林,遂以端明殿学士张方平为承旨,盖用旧学士也。既而魏公罢政,凡议论皆出安道之手。

有范延贵者为殿直,押兵过金陵,张忠定公见为守,因问曰:"天使沿路来,还曾见好官员否?"延贵曰:"昨过袁州萍乡,县邑宰张希颜著作者,虽不识之,知其好官员也。"忠定曰:"何以言之?"延贵曰:"自入萍乡县境,驿传桥道皆完葺,田莱垦辟,野无惰农,及至邑则廛肆无赌博,市易不敢喧争,夜宿邸中,闻更鼓分明,以是知其必善政也。"忠定大笑曰:"希颜固善矣,天使亦好官员也。"即日同荐于朝。希颜后为发运使,延贵亦阁门祗候,皆号能吏也。

孙何榜,太宗皇帝自定试题《厄言日出赋》,顾谓侍臣曰:"比来举子浮薄，不求义理，务以敏速相尚。今此题渊奥，故使研穷意义，庶浇薄之风可渐革也。"语未已，钱易进卷子，太宗大怒，叱出之。自是科场不开者十年。

蔡挺为江东提点刑狱，有处州职官谮本州幕掾奸利事，蔡留职官于坐，呼掾面证之，而初无是事，职官惭惧辞伏，蔡责之曰："汝小人也！吾虽可欺，奈何谮无过之人乎！"叱去之。自是无复谮毁，而人伏其不可欺也。

潭州人士夏钧罢官，过永州，谒何仙姑而问曰："世人多言吕先生，今安在？"何笑曰："今日在潭州兴化寺设斋。"钧专记之。到潭日，首于兴化寺取斋历视之，其日果有华州回客设供。顷年，滕宗亮谪守巴陵郡，有华州回道士上谒，风骨耸秀，神脸清迈。滕知其异人，口占一诗赠之曰："华州回道士，来到岳山城。别我游何处？秋空一剑横。"回闻之，怃然大笑而别，莫知所之。

谢泌谏议居官不妄荐士，或荐一人，则焚香捧表，望阙再拜而遣置。所荐虽少，而无不显者。泌知襄州日，张密学逸为邓城县令，有善政。邓城去襄城，渡汉水才十余里，泌暇日多乘小车，从数吏，渡汉水入邓城界，以观风谣。或载酒邀张野酌，吟啸终日而去，其高逸乐善如此。张亦其所荐也。

欧阳文忠公自馆下谪夷陵令，移光化军乾德县。知军者虞部员外郎张询，询河北经生也，不能知文忠，而待以常礼。后二年，询移知清德军，而文忠自龙图阁学士为河北都转运使，询乃部属，初迎见文忠于郊外，询虽负恐惕，犹敛板操北音曰："龙图久别安乐，诸事且望掩恶扬善。"文忠知其村野，亦笑之而已。

至和中，陈恭公秉政，会嬖妾张氏笞女奴迎儿杀之。时蔡襄权知开封府，事下开封穷治，而仁宗于恭公宠眷未衰，别差正郎齐廓看详公案。时王素为待制，以诗戏廓曰："李膺破柱擒张朔，董令回车击主奴。前世清芬宛如在，未知吾可及肩无？"廓知事不可直，以简报王曰："不用临坑推人。"

京师火禁甚严，将夜分，即灭烛，故士庶家凡有醮祭者，必先关厢使，以其焚楮币在中夕之后也。至和、嘉祐之间，狄武襄为枢密使。

一夕夜醮,而勾当人偶失告报,中夕聚有火光,探子驰白厢主,又报开封知府,比厢主判府到宅,则火灭久之。翌日,都下盛传狄枢相家夜有光怪烛天者。时刘敞为知制诰,闻之,语权开封府王素曰:"昔朱全忠居午沟,夜多光怪出屋,邻里谓失火而往救之,今日之异得无类乎?"此语喧于缙绅间,狄不自安,遽乞陈州,遂薨于镇,而夜醮之事竟无人辨之者。

有朝士陆东,通判苏州而权州事,因断流罪,命黥其面,曰:"特刺配某州牢城。"黥毕,幕中相与白曰:"凡言特者,罪不至是,而出于朝廷一时之旨。今此人应配矣,又特者,非有司所得行。"东大恐,即改"特刺"字为"准条"字,再黥之,颇为人所笑。后有荐东之才于两府者,石参政闻之,曰:"吾知其人矣,得非权苏州日,于人面上起草者乎?"

王雱自崇政殿说书除待制,已在病中,不及告谢,而从其父荆公出金陵。越明年,荆公再秉政,舟至镇江,雱勉乘马,先入东府,翌日,疾再作,岁余遂卒,竟不及告谢,而跨犾坐者,止得一日。

陆经,庆历中为馆职。一日,饮于相国寺僧秘演房,语笑方洽,有一人箕踞于旁,睥睨经曰:"祸作矣,仅在顷刻,能复饮乎?"陆大怒,欲捕之,为秘演劝免而止。薄暮,饮罢上马,而追牒已俟于门,陆惶惧不知所为。复见箕踞者行且笑曰:"无苦,终复故物。"既而陆得罪,斥废累年。嘉祐初,乃复馆职。

嘉祐初,李仲昌议开六漯河。王荆公时为馆职,颇祐之。既而功不成,仲昌赃败。刘敞侍读以书戏荆公,曰:"要当如宗人夷甫,不与世事可也。"荆公答曰:"天下之事,所以易坏而难合者,正以诸贤无意如鄙宗夷甫也。但仁圣在上,故公家元海未敢跋扈耳。"

熙宁中,诏王荆公及子雱同修经义,成,加荆公左仆射兼门下侍郎,雱龙图阁直学士,同日授命。故参政绛贺诗曰:"陈前舆马同桓傅,拜后金珠有鲁公。"

卷之十一

熙宁中，周师厚为湖北提举常平，张商英监荆南盐院，师厚移官，有供给酒数十瓶，阴俾张卖之。张言于察访蒲宗孟，宗孟劾其事，师厚坐是降官。后数年，商英为馆职，嘱举子判监于舒亶，亶缴奏其简，商英坐是夺官。始舒亶为县尉，斩弓手节级，废斥累年矣。熙宁中，张商英为御史，力荐引之，遂复进用甚峻，至是反攻商英，然亦世所谓报应者也。

陈恭公在真宗时，自疏远小臣始建储嗣之议，仁宗德之，庆历中，由参知政事拜相，仁宗召翰林学士张方平谕曰："卿草陈执中麻，当令中外无言，乃善。"故有"纳忠先帝，有德朕躬"之语，仁宗称善，世亦无敢议者。

英宗即位，赦天下，凡内外将校厢军皆加恩。是时，荆南所给缣帛，皆故恶不堪，既陈于庭下，军士睨之失色，扬言曰："朝廷大恩，而乃以此给我！"自旦至午，不肯受赐，而偶语纷纷不已。转运使刘述大惧，不知所为，居民往往奔出城外，且言变起矣。是时，张师正为州钤辖，驰入军资库，呼将卒前曰："朝廷非次之恩，州郡固无预备，今帑中所有止如此，汝辈不肯拜赐，将何为也？必欲反，则非杀我不可。"遂掷剑于庭下，披胸示之，群校茫然自失，遽声喏，受赐而去。

熙宁新法行，督责监司尤切，两浙路张靓、王庭老、潘良器等因阅兵赴妓乐筵席侵夜，皆黜责。又因借司寮船家人而坐计佣者，有作丝鞋而坐剩利者，降斥纷纷。是时，孔嗣宗为河北提点刑狱，求分司而去。嗣宗性滑稽，作启事，叙其意，略曰："弊室数椽，聊避风雨；先畴二顷，粗足衣粮。这回自在赴筵，到处不妨听乐。倩得王郎伴舅，且免计佣；卖了黑黍新丝，不忧剩利。"盖谓是也。

刘攽、刘恕同在馆下。攽一日问恕曰："前日闻君猛雨中往州西，何耶？"恕曰："我访丁君，闲冷无人过从，我故冒雨往见也。"攽曰："丁方判刑部，子得非有所请求耶？"恕勃然大怒，至于诟骂。攽曰："我偶与子戏耳,何忿之深也。"然终不解,同列亦惘然莫测。异时,方知是日恕实有请求于丁,彀初不知,误中其讳耳。

王汾口吃,刘彀尝嘲之曰:"恐是昌家,又疑非类。不见雄名,唯闻艾气。"盖以周昌、韩非、扬雄、邓艾皆吃也。又尝同趋朝,闻叫班声,汾谓曰:"紫宸殿下频呼汝。"彀应声答曰:"寒食原头屡见君。"各以其名为戏也。

仁宗朝,两制近臣得罪,虽有赃污,亦止降为散官,无下狱者,旋亦收叙。熙宁初,龙图阁学士祖无择始以台官下秀州狱,是时,郑獬知杭州,上章救解,言甚切直。尔后,许将、沈季长、刘奉世、舒亶相继下台狱,而天下习熟见闻,莫有为救解之者。

钱俶入朝,太祖眷礼甚厚,然自宰相以下,皆有章疏,乞留俶而取其地。太祖不从。及赐还本国,复宴钱于便殿,屡劝以巨觥,陛辞之日,俶感泣再三。太祖命于殿内取一黄复,封识甚密,以赐俶,且戒以途中密观。泊即途启之,凡数十轴,皆群臣所上章疏,俶自是益感惧,江南平,遂乞纳土。

太祖常与赵中令普议事有所不合,太祖曰:"安得宰相如桑维翰者与之谋乎?"普对曰:"使维翰在,陛下亦不用,盖维翰爱钱。"太祖曰:"苟用其长,亦当护其短,措大眼孔小,赐与十万贯,则塞破屋子矣。"

仁宗尝春日步苑中,屡回顾,皆莫测圣意。及还宫中,顾嫔御曰:"渴甚,可速进熟水。"嫔御进水,且曰:"大家何不外面取水而致久渴耶?"仁宗曰:"吾屡顾不见镣子,苟问之,即有抵罪者,故忍渴而归。"左右皆稽颡动容,呼万岁者久之。圣性仁恕如此。

孙觉、孙洙同在三馆,觉肥而长,洙短而小,然二人皆髯,刘彀呼为"大胡孙"、"小胡孙"。顾临字子敦,亦同为馆职,为人伟仪干而好谈兵,彀目为"顾将军",而又好以反语呼之为"顿子姑"。彀尝与王介同为开封府试官,试《节以制度不伤财赋》,举子多用畜积字,畜本音五六反,《广韵》又呼玉反,声近御名,介坚欲黜落;彀争之,遂至喧忿。监试陈襄闻其事,二人皆赎金,而中丞吕公著又言责之太轻,遂皆夺主判。是时,雍子方为开封府推官,戏彀曰:"据罪名,当决臀杖十三。"攽答曰："然吾已入文字矣，其词曰：'切见开封府推官雍子方，身材长大，臀腿丰肥，臣实不如，举以自代。'"合坐大笑。

王荆公为馆职，与滕甫同为开封府试官，甫屡称一试卷，荆公重违其言，置在高等。及拆封，乃王观也。观平日与甫亲善，其为人薄于行，荆公素恶之，至是疑为滕所卖，忿见于色辞。滕遽操俚言以自辩，且曰："苟有意卖公者，令甫老母不吉。"荆公怏然答曰："公何不恺悌？凡事须权轻重，岂可以太夫人为咒也。"荆公又不喜郑獬，至是目为"滕屠郑沽"。

范文正公守边日，作《渔家傲》乐歌数阕，皆以"塞下秋来"为首句，颇述边镇之劳苦，欧阳公尝呼为穷塞主之词。及王尚书素出守平凉，文忠亦作《渔家傲》一词以送之，其断章曰："战胜归来飞捷奏，倾贺酒，玉阶遥献南山寿。"顾谓王曰："此真元帅之事也。"

嘉祐中，禁林诸公皆入两府，是时包孝肃公拯为三司使，宋景文公守益州，二公风力久次，最著人望，而不见用。京师谚语曰："拨队为参政，成都作副枢。亏他包省主，闷杀宋尚书。"明年，包亦为枢密副使，而宋以翰林学士承旨召。景文道长安，以诗寄梁丞相，略曰："梁园赋罢相如至，宣室厘残贾谊归。"盖谓差除两府足，方被召也。为承旨，又作诗曰："粉署重来忆旧游，蟠桃开尽海山秋。宁知不是神仙骨，上到鳌峰更上头。"

慈圣光献皇后薨，上悲慕甚。有姜识者，自言神术可使死者复生。上命试其术，置坛于外苑，凡数旬，无效。乃曰："臣见太皇后方与仁宗宴，临白玉栏干，赏牡丹，无意复来人间也。"上知诞妄，亦不深罪，止斥于郴州。蔡承禧进挽词曰："天上玉栏花已折，人间方士术何施？"盖谓是也。

庆历中，西师未解，晏元献公殊为枢密使，会大雪，欧阳文忠公与陆学士经同往候之，遂置酒于西园。欧阳公即席赋《晏太尉西园贺雪歌》，其断章曰："主人与国共休戚，不唯喜悦将丰登。须怜铁甲冷彻骨，四十余万屯边兵。"晏深不平之，尝语人曰："昔日韩愈亦能作言语，每赴裴度会，但云'园林穷胜事，钟鼓乐清时'，却不曾如此作闹。"

张密学奎、张客省亢，兄弟也。奎清素畏慎，亢奢纵跅弛。世言张奎作事,笑杀张亢;张亢作事,唬杀张奎。杨景宗本以军营卒,由椒房故为观察使,暴横无赖,世谓之"杨骨槌"。一日语奎曰:"公弟客省俊特可爱,只是性粗疏。"奎怏然不悦,归语亢曰:"汝本世家,服膺名教,不知作何等事,致令杨骨槌恶汝粗疏也。"

林洙少服苴胜,晚年发热多烦躁,知寿州日,夏夜露卧于堂下,为鼓角匠以铁连鐷击杀之。洎擒鼓角匠,问所以杀守之情,曰:"我何情,但中夕睡中及大醉,若有人引导,见故榜上铁连鐷,遂携之以行。自谯楼至使宅堂前,盖甚远,而诸门扃钥如故,莫知何以至也。"朝廷以守臣被杀,起狱穷治,自通判以下咸被黜。时富郑公为相,以洙无正室,颇疑奸吏共谋杀者。曾鲁公为参政,独曰:"若是谋杀,必持锋刃。"郑公之疑遂解。

欧阳文忠公与李端明淑素不相乐。嘉祐中,文忠为翰林学士,会除李为承旨,欧阳公遂乞洪州甚切,又移疾不入者久之,未得请而李卒,既而文忠为枢密副使。

王章惠公随知扬州,许元以举子上谒,自陈世家,乃唐许远之后。章惠率同僚上表,荐其忠烈之家,乞朝廷推恩,而通判以下皆不从,章惠遂独状荐之,朝廷以为郊社斋郎。元有材谋,晓钱榖,为江淮制置发运判官,以至为使,凡十余年,号为能臣,终天章阁待制。

韩忠宪公亿知扬州日,有大校李甲以财豪于乡里,诬执其兄之子为他姓,赂里姬之貌类者,使认之为己子,又醉其嫂而嫁之,尽夺其奁橐之畜。嫂侄皆诉于州提刑转运使,每勘劾,多为甲行赂于胥吏,其嫂侄被笞掠,反自诬服,受杖而去,积十余年矣。洎韩至,又出诉,韩察其冤,因取前后案牍视之,皆未尝引乳医为证。一日,尽召其党立庭下,出乳医示之,众皆伏罪,子母复归如初。

常秩居颍州,仁宗时,近臣荐其文行,召不赴。欧阳文忠公为翰林学士,尤礼重之,尝因早朝作诗寄秩曰:"笑杀汝阴常处士,十年骑马听朝鸡。"熙宁中,文忠致仕居颍州,秩被召而起,或改文忠诗曰:"笑杀汝阴欧少保,新来处士听朝鸡。"

尚书郎周越以书名盛行于天圣、景祐间,然字法软俗,殊无古气。梅尧臣作诗,务为清切闲谈,近代诗人鲜及也。皇祐已后,时人作诗尚豪放,甚者粗俗强恶,遂以成风。苏舜钦喜为健句,草书尤俊快,尝曰:"吾不幸,写字为人比周越,作诗为人比梅尧臣,良可叹也。"盖欧阳公常目为苏、梅耳。

有近臣知潭州,会侬智高犯邕筦,以致乘船至广东,广州被围,凡官军战者皆败。近臣因会客次,客有叹曰:"此皆士卒素不练习行阵,一旦用以应敌,宜有折北。"近臣曰:"此何异'毆'市人以战也。"盖《汉书》作"毆"字,音驱,而近臣不识,误读为毆打字,坐客皆忍笑不禁,因知伏猎侍郎状杜宰相,信有之也。

唐坰知谏院,成都人费孝先为作卦影,画一人衣金紫,持弓箭,射落一鸡。坰语人曰:"持弓者我也,王丞相生于辛酉,即鸡也,必因我射而去位,则我亦从而贵矣。"翌日,抗疏以弹荆公,又乞留班,颇喧于殿陛。主上怒降坰为太常寺太祝、监广州军资库,以是年八月被责,坰叹曰:"射落之鸡,乃我也。"

李璋尝令费孝先作卦影,画凤立于双剑上,又画一凤据厅所,又画一凤于城门,又画一凤立重屋上;其末画一人,紫绶,偃卧,四孝服卧于旁。及璋死,其事皆验:剑上双凤者,璋为凤宁军节度使也;厅所者,尝知凤翔府;末年谪官郓州,召还,卒于襄州凤台驿,襄州有凤林阙也;两子侍行,璋既病久,复有二子解官省疾,至襄之次日,璋薨,四子缞服之应也。

自至和、嘉祐已来,费孝先以术名天下,士大夫无不作卦影,而应者甚多。独王平甫不喜之,尝语人曰:"占卜本欲前知,而卦影验于事后,何足问耶!"

滕甫之父名高,官止州县。甫之弟申狠暴无礼,其母尤笃爱,因是每陵侮其兄,而阃政多紊,人讥笑不一。门下章惇与甫游旧,多戏玩。一日,语之曰:"公多类虞舜,然亦有不似者。"滕究其说,章曰:"类者父顽、母嚚、象傲,不似者克谐以孝耳。"

陈恭公拜集贤殿太学士,时贾文元公昌朝当国,张方平草麻,有"万事不理,繄胡广之能言;四夷未平,赖陈平之达识",贾公深恶之。韩魏公知定州日,作阅古堂,自为记,书于石后,又画魏公像于堂上。宋子京知定州,作乐歌十阕,其曰:"听说中山好,韩家阅古堂。画图真将相,刻石好文章。"魏公闻之不喜。

　　宋元献公庠初罢参知政事知扬州,尝以双鹅赠梅尧臣。尧臣作诗曰:"昔居凤池上,曾食凤池萍。乞与江湖走,从教养素翎。不同王逸少,辛苦写《黄庭》。"宋公得诗殊不悦。

卷之十二

吕惠卿尝语王荆公曰："公面有黯，用园荽洗之当去。"荆公曰："吾面黑耳，非黯也。"吕曰："园荽亦能去黑。"荆公笑曰："天生黑于予，园荽其如予何！"

张铸，河北转运使，缘贝州事，降通判太平州。是时，葛原初得江东西提点银铜坑冶，欲荐铸，而移文取其脚色。铸不与，但以诗答之曰："银铜坑冶是新差，职比催纲胜一阶。更使下官供脚色，下官纵迹转沉埋。"

吴孝宗字子经，抚州人。少落拓，不护细行，然文辞俊拔，有大过人者。嘉祐初，始作书谒欧阳文忠公，且赞其所著《法语》十余篇，文忠读而骇叹，问之曰："子之文如此，而我不素知之，且王介甫、曾子固皆子之乡人，亦未尝称子，何也？"孝宗具言少无乡曲之誉，故不见礼于二公。文忠尤怜之，于其行赠之诗曰："自我得曾子，于兹二十年。今又得吴生，既得喜且欢。古士不并出，百年犹比肩。区区彼江南，其产多材贤。吴生初自疑，所拟岂其伦！我始见曾子，文章初亦然。昆仑倾黄河，渺渺盈百川。疏决以道之，渐敛收横澜。东溟知所归，识路到不难。吴生始见我，袖藏新文编。忽从布褐中，百宝薄在前。明珠杂玑贝，磊砢或不圆。问生久怀此，奈何初无闻？吴生不自隐，欲语羞俯颜。少也不自重，不为乡人怜。中虽知自悔，学问苦贫贱。自谓久乃信，力行困弥坚。今来决疑惑，幸冀蒙洗湔。我笑谓吴生，尔其听我言。世所谓君子，何异于众人？众人为不信，积微成灭身。君子能自知，改过不逡巡。于斯二者间，愚智遂以分。颜子不贰过，后世称其仁。孔子过而改，日月披浮云。子路初来时，冠鸡佩猳豚。斩蛟射白额，后卒为名臣。子既悔其往，人谁御其新。丑夫事上帝，孟子岂不云。临行赠此言。庶可以书绅。"孝宗至熙宁间，始以进士得第一，命为主簿，而卒。既尝忤王荆公，无复荐引之者，家贫无子，其书亦将散落而无传矣，故尽录文忠之诗，亦庶以见其迹也。

　　陈晋公为三司使,将立茶法,召茶商数十人,俾各条利害,晋公阅之,为第三等,语副使宋太初曰:"吾观上等之说,取利太深,此可行于商贾而不可行于朝廷。下等固灭裂无取。唯中等之说,公私皆济,吾裁损之,可以经久。"于是为三等税法,行之数年,货财流通,公用足而民富实。世言三司使之才,以陈公为称首。后李侍郎谘为使,改其法而茶利浸失,后虽屡变,然非复晋公之旧法也。

　　皇祐中,梁庄肃公为相,以益州路转运张揆为三司副使,时议不厌。是时,王逵罢淮南转运使,至京,久无差遣,人或问曰:"何为后于张揆也?"逵曰:"我空手冷面至京,岂得省副耶?"此论尤喧,故御史吕景初、吴中复、马遵迭上疏论之,已而三御史皆斥逐,知制诰蔡襄缴词头,不肯草制,又论其事,故庄肃亦罢去。景初谢表略曰:"丞相以奸而犯法,政当奈何;御史之职在触邪,死亦不避。"盖谓是也。

　　孙参政抃为御史中丞,荐唐介、吴中复为御史。人或问曰:"闻君未尝与二人相识,而遽荐之,何也?"孙答曰:"昔人耻呈身御史,今岂求识面台官也!"后二人皆以风力称于天下。孙晚年执政,尝叹曰:"吾何功以辅政,唯荐二台官为无愧耳。"

　　庆历中,卫士有变,震惊宫掖,寻捕杀之。时台官宋禧上言:"此盖平日防闲不致,所以致患。臣闻蜀有罗江狗,赤而尾小者,其猛如神。愿养此狗于掖庭,以警仓卒。"时谓之"宋罗江"。又有御史席平因鞫诏狱毕上殿,仁宗问其事,平曰:"已从车边斤矣。"时谓之"斤车御史"。治平中,英宗再起吕溱知杭州,时张纪为御史,因弹吕溱昔知杭州时,以宴游废政,乞不令再往,其诰词有"朝朝只在湖上,家家尽发淫风",尤为人所笑。

　　苗振以列卿知明州。熙宁中致仕,归郓州,多置田产,又自明州市材为堂,舟载归郓。时王逵亦致仕,作诗嘲振曰:"田从汶上天生出,堂自明州地架来。"此句传至京师,王荆公大怒,即出御史王子韶使两浙廉其事,子韶又言知杭州祖无择亦有奸科之迹,于是明州、秀州各起狱鞫治,振与无择败斥。熙宁已后,数以谣言起狱,然自逵诗为始也。

　　欧阳文忠公年十七,随州取解,以落官韵而不收。天圣已后,文章多尚四六,是时随州试《左氏失之诬论》,文忠论之,条列左氏之诬甚悉,句有"石言于宋,神降于莘。外蛇斗而内蛇伤,新鬼大而故鬼小"。虽被黜落,而奇警之句大传于时。今集中无此论,顷见连庠诵之耳。

王平甫学士躯干魁硕而眉宇秀朗,尝盛夏入馆中,方下马,流汗浃衣,刘攽见而笑曰:"君真所谓'汗淋学士'也。"治平初,濮安懿王册号,其原寝皆用红泥杂饰,攽谓同舍王汾曰:"比闻王贲赐绯,得非子自银章之命耶?"其喜谑浪如此。

余为儿童时,尝闻祖母集庆郡太守陈夫人言:江南有国日,有县令钟离君与县令许君结姻。钟离女将出适,买一婢以从嫁。一日,其婢执箕帚治地,至堂前,熟视地之洼处,恻然泣下。钟离君适见,怪问之,婢泣曰:"幼时我父于此穴地为球窝,道我戏剧,岁久矣,而洼处未改也。"钟离君惊曰:"父何人?"婢曰:"我父乃两考前县令也,身死家破,我遂落民间,而更卖为婢。"钟离君遽呼牙侩问之,复质于老吏,是得其实。是时,许令子纳采有日,钟离君遽以书抵于令而止其子,且曰:"吾买婢得前令之女,吾特怜而悲之。义不可久辱,当辍吾女之奁箧,先求婿以嫁前令之女也。更俟一年,别为吾女营办嫁资,以归君子,可乎?"许君答书曰:"蘧伯玉耻独为君子,何自专仁义?愿以前令之女配吾子,然后君别求良奥,以嫁君女。"于是前令之女卒归许氏。祖母语毕,叹曰:"此等事,前辈之所常行,今则不复见矣。"余时尚幼,恨不记二令之名,姑书其事,亦足以激天下之义也。钟离名瑾,合肥人也。

张待问为淄州长山县主簿,县有卢伯达者,与曹侍中利用通姻,复凭世荫,大为一邑之患。县令惮其势,莫与之校。张一日承令乏,适会伯达以讼至庭,即数其累犯,杖之。未几,伯达之侄士伦来为本路转运使,众皆为张危之,或劝以自免而去,张曰:"卢公固贤者,安肯衔隙以害公正之吏乎?"了不婴意。一日,士伦巡案至邑,召张语之曰:"君健吏也,吾叔父赖君惩之,今变节为善士矣。"为发荐章而去。

王荆公再罢政,以使相判金陵。到任,即纳节让同平章事,恳请赐允,改左仆射。未几,又求宫观,累表得会灵观使。筑第于南门外七里,去蒋山亦七里。平日乘一驴,从数僮游诸山寺;欲入城,则乘小舫泛潮沟以行，盖未尝乘马与肩舆也。所居之地，四无人家，其宅仅蔽风雨，又不设垣墙，望之若逆旅之舍，有劝筑垣，辄不答。元丰末，荆公被疾，奏舍此宅为寺，有旨赐名报宁。既而荆公疾愈，税城中屋以居，竟不复造宅。

元丰中，屡失皇子，有承议郎吴处厚诣阁门上书云："昔程婴、公孙杵臼二人尝因下宫之难而全赵氏之孤，最有功于社稷，而皆死忠义，逮今千有余岁，庙食弗显，魂无所依，疑有崇厉者。愿遣使寻访冢墓，饰祠加封，使血食有归，庶或变厉为福。"是时，郓王疾亟，主上即命寻访。未数月，得二冢于绛州太平县之赵村。诏封婴为成信侯，杵臼为忠智侯，大建庙，以时致祭，而以处厚为将作监丞云。

冯枢密京，熙宁初，以端明殿学士帅太原。时王左丞安礼以池州司户参军掌机宜文字，冯雅相好，因以书诧于王平甫曰："并门歌舞妙丽，吾闭目不窥，但日与和甫谈禅耳。"平甫答曰："所谓禅者，直恐明公未达也，盖闭目不窥已是一重公案。"冯深伏其言。

苏舜元为京西转运使，廨宇在许州。舜元好进，不喜为外官，常怏怏不自足，每语亲识："人生稀及七十，而吾乃于许州过了二年矣。"

熙宁庚戌冬，荆公自参知政事拜同中书门下平章事、史馆大学士。是日，百官造门奔贺者，无虑数百人，荆公以未谢恩，不见之，独与余坐西庑之小阁。荆公语次，忽颦蹙久之，取笔书窗曰："霜筠雪竹钟山寺，投老归欤寄此生。"放笔揖余而入。后三年，公罢相知金陵。明年，复拜昭文馆大学士。又明年，再出判金陵，遂纳节辞平章事，又乞宫观，久之，得会灵观使，遂筑第于南门外。元丰癸丑春，余谒公于第，公遽邀余同游钟山，憩法云寺，偶坐于僧房，余因为公道平昔之事及诵书窗之诗，公怃然曰："有是乎？"微笑而已。

沈括存中、吕惠卿吉甫、王存正仲、季常公择，治平中同在馆下谈诗。存中曰："韩退之诗，乃押韵之文耳，虽健美富赡，而终不近古。"吉甫曰："诗正当如是，我谓诗人以来，未有如退之也。"正仲是存中，公择是吉甫，四人者交相诘难，久而不决。公择忽正色而谓正仲曰："君子群而不党，君何党存中也？"正仲勃然曰："我所见如是尔，顾岂党耶？以我偶同存中，遂谓之党，然则君非吉甫之党乎？"一坐皆大笑。余每评诗，亦多与存中合。顷年尝与王荆公评，余谓凡为诗，当使挹之而原不穷，咀之而味愈长。至如欧阳永叔之诗，才力敏迈，句亦健美，但恨其少余味耳。荆公曰："不然。如'行人仰头飞鸟惊'之句，亦谓有味矣。"然余至思之，不见此句之佳，亦竟莫原荆公之意，信乎所言之殊，不可强同也。

陈恭公事仁宗两为相，悉心尽瘁，百度振举。然性严重，语言简直，与人少周旋，接宾客，以至亲戚骨肉，未尝从容谈笑，尤靳恩泽，士大夫多怨之。唯仁宗尝曰："不昧我者，唯陈执中耳。"及终也，韩维、张洞谥之曰"荣灵"，仁宗特赐曰"恭"。薨复月余，夫人谢氏继卒，一子才七岁，诸侄俱之官。葬日，门下之人唯解宾王至墓所，世人嗟悼之。梅尧臣作挽词两首，具载其事，曰："位至三公有，恩加锡谥无。再调金铉鼎，屡刻玉麟符。已叹鸾同穴，还悲凤少雏。拥涂看卤簿，谁为毕三虞？""公在中书日，朝廷百事丛。王官多不喜，天子以为忠。富贵人间少，恩荣殁后隆。若非箫鼓咽，寂寞奈秋风。"

刘丞相沆镇陈州日，郑獬经由陈，丞相为启宴于外庭，使妓乐迎引至通衢，有朱衣乐人误旨，公性卞急，遽杖于马前。既即席，酒数行而公得疾，舁还府衙而终。先是，张侍读环梦公马前有一朱衣人被血而立，至是果有此变。梅尧臣为公挽词诗二首，具载其事，云："处外诸侯重，居朝圣主知。祆逢庚子日，梦异戊丁时，归橉江山远，凝笳道路悲。欲传千古迹，佐世本无为。""古今皆可见，富贵不常存。歌者未离席，吊宾俄在门。朱轮空返辙，渌酒尚盈樽。人事固如此，令名贻后昆。"

皇祐末，诸司使陈拱知邕州，有旨任内无边事与除阁门使。是时，广源蛮酋侬智高檄邕州，乞于界首置榷场，以通两界之货，拱不报。久之，智高以兵犯横山寨，掠居民畜产而去。拱虑起事而失阁门使也，皆寝不奏，亦不为备。司户参军孔宗旦知其必为患，移书于拱，乞为备卫，拱不省。宗旦以粮料院印作移文，遍檄邻州及沿江郡县，俾为应援。未几，智高乘水涨以兵犯邕，杀拱而屠其城；执宗旦欲降之，宗旦瞋目大骂，智高命斩于市，陈尸于路。时盛暑，蝇不集而尸亦不坏，智高惧，命埋之而去。

卷之十三

仲简知处州，治为浙东第一，朝廷累擢为天章阁待制，知广州。会侬智高破邕管，沿江而下，屠数郡，遂围广州，而简应敌之备可笑者甚多。沈起知海门县，有治绩，朝廷擢为御史，后拜待制、知桂州。会宜州蛮瑶侵王口寨，起备卫甚乖，又欲征交趾，愈益疏缪，是致交趾入寇，三州被害。孙永俊明文雅，称于时，中间以龙图学士知秦州，会边有警，永以怯懦为边人所轻。三人者皆才臣，一当边患而败事被斥，岂将帅自有体，固非可以常才强也。

旧制：转运使官衔带"按察"二字。庆历中，沈邈、薛坤为京东转运使，欲尽究吏民之情，乃取部吏之憸猾者四人尚同、李孝先、徐九思、孔宗旦，俾侦伺一路。而四人怙权，颇致搔扰，时谓之"山东四伥"。王达、杨纮、王鼎皆为转运按察，尤苛暴虐，时谓之"江东三虎"。仁宗知其事，下诏戒敕，削去"按察"二字。后浇风渐革，而士大夫务崇宽厚，无复暴察之名矣。至熙宁中，执政建言，天下官吏，皆持禄养交，政事颓靡，务相容贷，盖由在上无督责之实。于是出台阁新进，分按诸路，谓之察访。既而又分三院御史为六察官，领六察按，以督举中外事。自是按察之政复行矣。

章枢密惇少喜养生，性尤真率，尝云："若遇饥则虽不相识处，亦须索饭；若食饱时，见父亦不拜。"在门下省及枢密，益喜丹灶、饵茯苓以却粒，骨气清粹，真神仙中人。苏子瞻赠之诗云："鼎中龙虎黄金贱，松下龟蛇绿骨轻。"盖谓是也。

秦州徐二公者，异人也。无家无子孙亲属，亦不知其何许人，日持一帚，以扫神祠佛殿，未尝与人言；有问则不对而走，忽发一言，则应祸福。吕参政惠卿既除丧，将赴阙，便道访二公，拜而问之。二公惊走，吕追之，忽回顾曰："善守。"吕再拜而去，意谓俾其善守富贵也。及还朝，除知建州，徐禧、沈括新败，恳辞不行，又乞与两府同上殿。神宗怒，落资政殿学士知单州，即善守之应也。

石参政中立事太宗为馆职，至真宗末年犹为学士。一夕，梦朝太宗，面谕以将有进用之意，石谢讫，将下殿，不觉锵然有声，顾视乃鱼袋坠于墀上。及觉，大异之。不数日，有参预之命，谢日，方拜起，亦觉有声，顾视则鱼袋坠地矣。

欧阳文忠公尝言：昔日夷陵从乾德泊舟于汉江野岸，中夕后闻语言歌笑，男女老幼甚众，亦有交易评议及叫卖果饵之声若市井然，迨晓方止。翌日，舟人问之，云闻声但不见人，而四瞻皆旷野，无复踪路。文忠乃步于岸，远望有一城基，近村而询之，即曰古隋地也。

旧传：东京相国寺乃魏公子无忌之宅，至今地属信陵坊，寺前旧有公子亭。丁谓开保康门，对寺架桥，始移亭子近东寺，基旧极大，包数坊之地，今南北讲堂巷即寺之讲院，戒身巷即寺之戒坛也。

王朴为学士，居近浚仪桥，常便服，顶席帽，步行沿河，以访亲故。王嗣宗为中丞，退朝，适见市人夺物而走，嗣宗跃马追及，斥左右縶之。宋白为翰林承旨，游委巷，为赵庆所持。鲁宗道为官僚饮于仁和酒店。前辈通脱简率如此，亦法制宽简也。

旧制：宪府不预游宴。太宗幸金明池，召中丞赵昌言；上元观灯，召知杂谢泌。宪官预宴，自二人始。

国初知、判州府，不以履历先后分州郡小大，但急于用人，或遇阙即差。陈晋公恕先知大名府，后知代州；翟守素先知西京，后知商州；张鉴先知广州，后知朗州，皆非谪降也。

太宗时，灵州之役转运使陈纬死之；神宗朝永乐之役，转军使李稷死之。

陈晋公恕知贡举，精选文行之士，黜落极众，省榜才放七十二人，而韩忠宪公亿预在高等。晋公之子楚国公执中，至和中再为相，荐忠宪之孙宗彦为馆职，故翊世交契为重。及楚公薨，忠宪之子维为礼官，谥楚公为荣灵，而谥议之中尤多诋毁。吕内翰溱常叹斯事，以为风义之可惜。

范文正公仲淹自知开封落待制，以吏部员外郎知饶州，出都时，唯王待制质钱宿于城外，泊水道之官，历十余州，无一人出迎迓者。时陈恭公执中以龙图阁直学士知扬州，迎送问劳甚至，虽时宰好恶能移众人,而方正之士,亦不可变也。

旧制:凡责授散官,即服章亦从本官职,虽近侍宰相不免也。杨凭自京兆尹谪临贺尉,张籍咏之曰:"身著青衫骑恶马,东门之东无送者。"沈佺期云:"姓名已蒙齿录,袍笏未复牙绯。"韩退之《祭湘君文》云"今日获位于朝,复其章绶"是也。国初尚有此制,卢多逊自宰相责崖州司户参军,出狱日,青衫跨驴。

祖宗朝,赤县管库犹差馆职人,故钱易知开封县,孙仅知浚仪县,韩魏公琦监左藏库,皆馆职也。

国初,官舟数少,非达官贵人不可得乘。李丞相迪谪衡州副使,郑载在淮南为假张驰子客舟以行。朱严第三人及第,赁舟赴任,王禹偁送诗曰:"赁船东下历阳湖,榜眼科名释褐初。"

丁谓为宰相,将治第于水柜街,患其卑下,既而于集禧观凿池,取弃土以实其基,遂高爽;又奏开保康门为通衢,而宅据要会矣。

庆历中,余靖、欧阳修、蔡襄、王素为谏官,时谓"四谏"。四人者力引石介,而执政亦欲从之。时范仲淹为参知政事,独谓同列曰:"石介刚正,天下所闻,然性亦好为奇异,若使为谏官,必以难行之事,责人君以必行。少拂其意,则引裾折槛,叩头流血,无所不为矣。主上虽富有春秋,然无失德,朝廷政事亦自修举,安用如此谏官也。"诸公服其言而罢。

自古为国兴财利者,鲜克令终,不然亦祸及其后。汉之桑弘羊、唐之韦坚、王铁、杨慎矜、刘晏之徒,不可胜纪,皆不自免。本朝如李谘、元绛、陈恕、林特子孙不免非命,岂剥下益上,阴责最大乎?

汉丞相子犹不免戍边,唐王方庆为宰相,子为西川参军。国初,侯仁宝,赵中令普之甥,知邕州十年,陈恭公父为参知政事,公自泉州惠安知县移知梧州。今两府子弟未尝有历川、广差遣者,而终身不出京城者多矣。

皇甫泌,向敏中之婿也。少年纵逸,多外宠,往往涉旬不归。敏中方秉政,每优容之,而其女抱病甚笃,敏中妻深以为忧,且有恚怒之词。敏中不得已,具札子乞与泌离婚。一日奏事毕,方欲开陈,真宗圣体似不和,遽离扆坐。敏中迎前奏曰:"臣有女婿皇甫泌。"语方至此，真宗连应曰：“甚好，甚好，会得。”已还内矣。敏中词不及毕，下殿不觉抆泪，盖莫知圣意如何。已而传诏中书，皇甫泌特转两官，敏中茫然自失，欲翌日奏论，是夕，女死，竟不能辨直其事。

　　刘沆为集贤相，欲以刁约为三司判官，与首台陈恭公议不合；刘再三言之，恭公始见允。一日，刘作奏札子，怀之，与恭公上殿，未及有言，而仁宗曰：“益州重地，谁可守者？”二相未对，仁宗曰：“知定州宋祁，其人也。”陈恭公曰：“益俗奢侈，宋喜游宴，恐非所宜。”仁宗曰：“至如刁约荒饮无度，犹在馆，宋祁有何不可知益州也？”刘公惘然惊惧。于是宋知成都，而不敢以约荐焉。

卷之十四

　　吕惠卿与王荆公相失，惠卿服除，荆公为宫使，居钟山，以启讲和，荆公谢之，今具载于此。吕书曰："惠卿启：合乃相从，疑有殊于天属；析虽或使，殆不自于人为。然以情论形，则已析者，宜难于复合；以道致命，则自天者，讵知其不人。如某叨蒙一臂之交，谬意同心之列。忘怀履坦，失戒同嚱。关弓之泣非疏，碾足之辞未已。而溢言皆达，弗气并生。既莫知其所终，兹不疑于有敌。而门墙责善，数移两解之书；殿陛对休，亲奉再和之诏。固其愿也，方且图之。重罹苫块之忧，遂稽竿牍之献。然以言乎昔，则一朝之过，不足害平生之欢；以言乎今，则八年之间，亦将随数化之改。内省凉薄，尚无细故之嫌；仰揆高明，夫何旧恶之念。恭惟观文特进相公知德之奥，达命之情。亲疏冥于所同，憎爱融于不有。冰炭之息豁然，悦示于至恩；桑榆之收继此，请图于改事。侧躬以待，唯命之从。"荆公答曰："安石启：与公同心，以至异意，皆缘国事，岂有它哉？同朝纷纷，公独助我，则我何憾于公？人或言公，吾无预焉，则公亦何尤于我？趋时便事，吾不知其说焉；考实论情，公亦宜照于此。开谕重悉，览之怅然。昔之在我，诚无细故之疑；今之在公，尚何旧恶足念？然公以壮烈，方进为于圣世；而某茶然衰疾，将待尽于山林。趋舍异事，则相煦以湿，不若相忘之愈也。趋召想在朝夕，唯良食自爱。"荆公巽言自解如此。

　　上即位，太皇太后同听政，相司马光，又擢用苏轼、苏辙兄弟。于是吕惠卿自太原移扬州，表乞宫观，旋以台官有言，遂除分司，朝论未决而谏官苏辙上疏："臣闻汉武世，御史大夫张汤挟持诈，以迎合上意，变乱货币，崇长狱，使天下重足而立，几至于乱。武帝觉悟，诛汤而后天下安。唐德宗宰相卢杞妒贤嫉能，戕害善类，力劝征伐，助成暴敛，使天下重足而立，几至于乱。德宗觉悟，逐杞而社稷存。盖小人天赋倾邪，安于不义；性本险贼，尤喜害人；若不死亡，终必为患。臣伏见前参知政事吕惠卿，怀张汤之巧诈，挟卢杞之奸凶，诡变多端，敢行非度，见利忘义，黩货无厌。王安石初任执政，用为腹心。安石山野之人，强愎傲诞，其于吏政实无所知。惠卿指擿教导，以济其恶，青苗、助役，议出其手。韩琦始言青苗之害，先帝知琦朴忠，翻然感悟，欲退安石而行琦言。当时执政皆闻德音，安石遑遽自失，亦累表乞退，天下欣然，有息肩之望矣。惠卿亦为小官，自知失势，上章乞对，力陈邪说，荧惑圣心，巧回天意。身为馆殿，摄行内侍之职，亲往传宣，以起安石，肆其伪辨，破难琦说。仍为安石画劫持上下之策，大率多用刑狱，以震动天下。自是诤臣吞声，有识丧气，而天下靡然矣。安石之党，言惠卿使华亭知县张若济借豪民朱华等钱，置田产，使舅郑英请夺民田，使僧文捷请夺天竺僧舍。朝廷遣蹇周辅推鞫其事，狱将具，而安石罢去政事，事不敢究，案在御史，可复视也。惠卿言安石相与为奸，发其私书，其一曰：‘无使齐年知。’齐年者谓冯京也，安石与京同生于辛酉，故谓之齐年，安石由是得罪。夫惠卿与安石出肺肝，托妻子，平居相结，唯恐不深，故虽欺君之言，见于尺牍，不复疑问。惠卿方其事，已一一收录，以备缓急之用。一旦争利，抉摘不遗余力，必致之死。此犬彘之所不为，而惠卿为之，曾不愧耻。天下之士，见其在位，侧目畏之。夫人君用人欲其忠信于己，必取信于父兄，信于师友，然后付之以事。故放麑违命也，推其仁可以托国；食子徇君也，推其忍则至于杀君。栾布唯不废彭越之命，故高祖知其贤；李勣唯不利李密之地，故太宗评其义。二人终事二主，俱为名臣，何者？人心所存，无施不可，虽公私有异，而忠厚不殊。至于吕布事丁原，则杀丁原，事董卓，则杀董卓；刘牢之事王恭，则杀王恭，事司马元显，则杀元显。皆逆人理，世所共弃。故吕布见诛于曹公，而牢之见诛于桓氏，皆以其平生反覆，世不可存。夫曹、桓，古之奸雄，驾驭英豪，何所不有，然推究利害，终畏此人。今朝廷选用忠信，唯恐不及，而置惠卿于其间，薰莸杂处，枭鸾并栖，不唯势不两立，兼亦恶者必胜。况自比岁已来，朝廷废吴居厚、吕嘉问、蹇周辅、宋用臣、李宪、王中正等，或以利争，或以渎兵，以事害民，皆在叱谴。今惠卿身兼众恶，自知罪大，而欲以闲地自免，天下公议，未肯赦之。然近日言事之官，论奏奸邪，至邓绾、李定之徒，微细必举，而不及惠卿者，盖其凶悍猜忍，性如蝮蝎，万一复用，眦睚必报，是以言者未肯轻发。臣愚蠢寡虑，以为备位言责，与元恶同时，而退避隐忍，辜负朝廷，是以不避死亡，献此愚直。伏乞判自圣意，略正典刑，纵未以污斧锧，犹当追削官职，投畀四裔，以御魑魅。"疏奏，贬惠卿为团练副使、建州安置。是时，苏轼为舍人，行其制曰："元凶在位，民不奠居；司寇失刑，士有异论。稽正滔天之罪，永为垂世之规。具官吕惠卿，以斗筲之才，挟穿窬之智。诌事宰辅，同升庙堂。乐祸而贪功，好兵而喜杀。以聚敛为仁义，以法律为《诗》、《书》。首建青苗，次行助役。输均之政，自同商贾；手实之祸，下及鸡豚。苟可蠹国而害民，率皆攘臂而称首。先皇帝求贤若不及，从善如转丸。始以帝尧之心，姑试伯鲧；终焉孔子之圣，不信宰予。发其宿奸，责之辅郡；止宜改过，稍昇重权。复陈冈上之言，继有砀山之贬。反覆教戒，恶心不悛；躁轻矫诬，德音犹在。始与知己，共为欺君。喜则摩足以相欢，怒则反目以相噬。连起大狱，发其私书。党与交攻，几半天下。奸赃狼藉，横被江东。至其复用之年，始倡西戎之隙。妄出新意，变乱旧章。力引狂生之谋，驯致永乐之祸。兴言及此，流涕何追。逮予践祚之初，首发安边之诏。假我号令，成汝诈谋。不图汗涣之文，止为疑贼之具。迷国不道，从古罕闻。尚宽两观之诛，薄示三苗之窜。国有常宪，朕不敢恕，可责授。"云云。始徐禧为布衣，惠卿方修撰经义，引为检讨，暨而禧拜官，历台阁。元丰中，以给事中计议边事，遂与沈括同城永乐，西戎攻陷永乐，禧死之，"力引狂生"，盖指禧也。

永州有何氏女，幼遇异人，与桃食之，遂不饥，无漏，自是能逆知人祸福，乡人神之，为构楼以居，世谓之"何仙姑"；士大夫之好奇者多谒之，以问休咎。王达为湖北运使，巡至永州，召于舟中，留数日。是时，魏绾知潭州，与达不叶，因奏达在永州，取无夫妇人阿何于舟中止宿。又有周师厚者为湖北路提举常平，人或呼为"梦见公"，盖以其姓周也。蒲宗孟为湖北察访，因奏师厚昏不晓事，致吏民呼为"梦公"。二人者皆以此罢去，盖疑似易乘，使朝廷致惑也。

祖宗朝，宰相怙权，尤不爱士大夫之论事。赵中令普当国，每臣僚上殿，先于中书供状，不敢诋斥时政，方许登对。田锡为谏官，尝论此事，后方少息，士大夫有口者多外补。王禹偁在扬州，以诗送人云："若见鳌头为借问，为言枨也减刚肠。"又丁谓留滞外甚久，及为知制诰，以启谢时宰，有"效慎密于孔光，不言温树；体风流于谢客，但咏苍苔"，是也。

范文正公在睢阳掌学，有孙秀才者索游上谒，文正赠钱一千。明年，孙生复道睢阳谒文正，又赠十千，因问："何为汲汲于道路？"孙秀才戚然动色曰："老母无以养，若日得百钱，则甘旨足矣。"文正曰："吾观子辞气，非乞客也，二年仆仆，所得几何，而废学多矣。吾今补子为学职，月可得三千以供养，子能安于为学乎？"孙生再拜大喜。于是授以《春秋》，而孙生笃学不舍昼夜，行复修谨，文正甚爱之。明年，文正去睢阳，孙亦辞归。后十年，闻泰山下有孙明复先生以《春秋》教授学者，道德高迈，朝廷召至太学，乃昔日索游孙秀才也。文正叹曰："贫之为累亦大矣，傥因循索米至老，则虽人才如孙明复者，犹将汩没而不见也。"

王沂公曾青州发解，及南省程试，皆为首冠。中山刘子仪为翰林学士，戏语之曰："状元试三场，一生吃著不尽。"沂公正色答曰："曾平生之志，不在温饱。"

本朝状元多同岁，比于星历，必有可推者，但数问术士，无能晓之尔。前徐奭、梁固皆生于乙酉，王曾、张师德皆生于戊寅，吕溱、杨寘皆生于甲寅，贾黯、郑獬皆生于壬戌，彭汝砺、许安世皆生于辛巳，陈尧咨、王整皆生于庚午。

章郇公庆历中罢相知陈州，舣舟蔡河上。张方平、宋子京俱为学士，同谒公，公曰："人生贵贱，莫不有命，但生年月日时胎有三处合者，不为宰相，亦为枢密副使。"张、宋退召术者，泛以朝士命推之，唯得梁适、吕公弼二命，各有三处合，张、宋叹息而已。是时，梁、吕皆为小朝官，既而皇祐中，梁为相，熙宁中，吕为枢密使，皆如郇公之言。

晏元献判西京，范希文以大理寺丞丁忧，权掌西监。一日，晏谓范曰："吾一女及笄，仗君为我择婿。"范曰："监中有举子富皋、张为善，皆有文行，它日皆至卿辅，并可婿也。"晏曰："然则孰优？"范曰："富修谨，张疏俊。"晏曰："唯。"即取富皋为婿。皋后改名，即丞相郑国富公弼。

祖宗朝,两府名臣虽在外镇,亦以位势自高,虽省府判官出按事,至其所部,亦绝燕饮之礼,盖时风如是。武穆曹公玮以宣徽南院判定州,王鬷自司判官计置河北军粮,至定,武穆一见,接之加礼,往往亲自伴食,然酒止五行,盖已为殊待矣。一日,语鬷曰:"狨狁自保欢好,可百年无事。吾闻李德明有子元昊者,桀黠多谋,能得士心,吾密令画史图其状观之,信英物也。异日,德明死,此子嗣事,必为西边之患,料此事不出十年,君必当此变,勉之,勉之!"鬷莫测其言。后十余年,元昊叛,西陲大扰,王鬷果当此时为枢密使,处置失宜,罢知西京。鬷尝为亲僚言之,深叹武穆之明识也。

卷之十五

秦皇帝讳政，至今呼正月为征月。伪赵避石勒讳，至今改罗勒为兰香。宋高祖父名诚，至今京师呼城外有州东、州西、州南、州北，而韦城、相城、胙城等县但呼韦县、相县、胙县是也。

唐小说载韩退之尝登华山，攀缘极峻，而不能下，发狂大哭，投书与家人别，华阴令百计取，始得下。沈颜作《聱书》辨之，以为无此事，岂有贤者而轻命如此。予见退之《答张彻诗》，叙及游华山事，句有"磴藓远拳踞，梯飚冷傈。悔狂已咋齿，垂戒仍刻铭"，则知小说为信，而沈颜为妄辨也。国朝王履道《游华山记》云："铁索铜桩或扶之而过，或攀之而升，皆绝壁也。"

《易》曰"家人，有严君"，父母之谓也。范滂与母别曰："唯愿太人割爱。"是母亦可称严君、大人也。近世书问自尊与卑，即曰："不具。"自卑上尊，即曰："不备。"朋友交驰，即曰："不宣。"三字义皆同，而例无轻重之说，不知何人，世莫敢乱，亦可怪也。

唐初，字书得晋、宋之风，故以劲健相尚，至褚、薛则尤极瘦硬矣。开元、天宝已后，变为肥厚，至苏灵芝辈，几于重浊。故老杜云："书贵瘦硬方有神。"虽其言为篆字而发，亦似有激于当时也。正元、元和已后，柳、沈之徒，复上清劲。唐末五代，字学大坏，无可观者。其间杨凝式至国初李建中妙绝一时，而行笔结字亦主于肥厚，至李昌武以书著名，而不免于重浊。故欧阳永叔评书曰："书之肥者，譬如厚皮馒头，食之味必不佳，而命之为俗物矣。"亦有激而云耳。江南李后主善书，尝与近臣语书，有言颜鲁公端劲有法者，后主鄙之曰："真卿之书，有法而无佳处，正如叉手并脚田舍汉耳。"

余为儿童时，见端溪砚有三种，曰岩石，曰西坑，曰后历。石色深紫，衬手而润，几于有水，叩之声清远。石上有点，青绿间，晕圆小而紧者，谓之"鸲鹆眼"，此乃岩石也，采于水底，最为土人贵重。又其次，则石色亦赤，呵之乃润，叩之有声，但不甚清远，亦有鸲鹆眼，色紫绿，晕慢而大，此乃西坑石，土人不甚重。又其下者，青紫色，向朗侧视，有碎星，光照如沙中云母，石理极慢，干而少润，扣之声重浊，亦有鸲鹆眼，极大而偏斜不紧，谓之"后历石"，土人贱之。西坑砚三当岩石之一，后历砚三当西坑之一，则其品价相悬可知矣。自三十年前，见士大夫言亦得端岩石砚者，予观之皆西坑石也。迩来士大夫所收者，又皆后历石也。岂唯世无岩石，虽西坑者亦不可得而见矣。

丁晋公治第，杨景宗为役卒，荷土筑基。丁后籍没，而景宗贵，以其第赐景宗。

钱思公嫁女，令银匠袭美打造装奁器皿。既而美拜官，思公即取美为妹婿，向所打造器皿归美家。

边人传诵一诗云："昨夜阴山吼贼风，帐中惊起紫髯翁。平明不待全师出，连把金鞭打铁骢。"有张师雄者，西京人，好以甘言悦人，晚年尤甚，洛中号曰"蜜翁翁"。出官在边郡，一夕，贼马至界上，忽城中失雄所在。至晓，方见师雄重衣披裘，伏于土窟中，已痴矣。西人呼土窟为空，寻为人改旧诗以嘲曰："昨夜阴山吼贼风，帐中惊起蜜翁翁。平明不待全师出，连着皮裘入土空。"张亢尝谓"蜜翁翁"无可为对者，一日，亢有侄不率教令，将杖之。其侄方醉，大呼曰："安能挞我？但堂伯伯耳。"亢笑曰："可对蜜翁翁。"释而不问。

唐张祜《宫词》云："故国三千里，深宫二十年。一声《河满子》，双泪落君前。"天圣中，章仲昌坐讼科场，其叔郇公奏乞押归本乡建州，时王宗道为王邸教授最久，而殿中侍御萧定基发解为举人，作《河满子》以嘲。龙图阁直学士王博文为三司使，自以久次，泣诉于上前，遂除为枢密副使。时人增改祜诗，以志其事曰："仲昌故国三千里，宗道深宫二十年。殿院一声《河满子》，龙图双泪落君前。"

杨察侍郎谪信州，及召还，有士子十二人送于境上，临别，察即席赋诗，皆用十二事，而引谕精至，士子无能属和者，其诗曰："十二天之数，今宵席客盈。位如星占野，人若月分卿。极醉巫山侧，联吟嶰管清。他年为舜牧，叶力济苍生。"

程师孟知洪州，于府中作静堂，自爱之，无日不到，作诗题于石曰："每日更忙须一到，夜深长是点灯来。"李元规见而笑曰："此无乃是登溷之诗乎?"

段少连性夷旷,亦甚滑稽,陈州人。晚年,因官还里中,与乡老会饮。段通音律,酒酣,自吹笛,座中有知音者,亦皆以乐器和之。有一老儒独叹曰:"某命中无金星之助,是以不能乐艺。"段笑曰:"岂惟金星,水星亦不甚得力也。"

礼部引试举人,常在正月末,及试经学,已在二月中旬,京师适淘渠矣。旧省前乃大渠,有"三礼"生就试,误坠渠中,举体沾湿。中春尚寒,晨兴尤甚,"三礼"者体不胜其苦,遂于帘前白知举石内翰中立,乞给少火,炙干衣服。石公素喜谑浪,遽告曰:"不用炙,当自安乐。"同列讶而诘之,石曰:"何不闻世传'欲得安,"三礼"莫教干'乎?"

张亢滑稽敏捷,有门客因会话,亢问曰:"近日作赋乎?"门客曰:"近作《坤厚载物赋》。"因自举其破题曰:"粤有大德,其名曰坤。"亢应声答曰:"奉为续两句,可移赠和尚。续曰'非讲经之座主,是传法之沙门'。"

章子平言其祖郇公初宰信州玉山县,以忧去,服除再知玉山县,带京债八百千赴任。既而玉山县数豪僧为偿其债,郇公作诗谢其僧,僧以石刻之,流布四方,而时无贬议者。玉山有举子徐生,郇公与之游,尝过生,生置酒,酣,郇公作诗书于壁曰:"村醪山果簇杯盘,措大家风总一般。今日相逢非俗客,凭君莫作长官看。"

宋子京博学能文章,天资蕴藉,好游宴,以矜持自喜。晚年知成都府,带《唐书》于本任刊修,每宴罢,盥漱毕,开寝门,垂帘,燃二椽烛,媵婢夹侍,和墨伸纸,远近观皆知尚书修《唐书》矣,望之如神仙焉。多内宠,后庭曳罗绮者甚众。尝宴于锦江,偶微寒,命取半臂,诸婢各送一枚,凡十余枚皆至。子京视之茫然,恐有厚薄之嫌,竟不敢服,忍冷而归。

胡旦作《长鲸吞舟赋》,其状鲸之大曰:"鱼不知舟在腹中,其乐也融融;人不知舟在腹内,其乐也泄泄。"又曰:"双须竿直,两目星溢。"杨孜览而笑曰:"许大鱼眼何小也。"

王雱尝言:"君子多喜食酸,小人多喜食咸。盖酸得木性而上,咸得水性而下也。"

北番每宴使人，劝酒器不一。其间最大者，剖大瓠之半，范以金，受三升，前后使人无能饮者，惟方偕一举而尽。戎王大喜，至今目其器为方家瓠，每宴南使即出之。

唐卢氏《逸史》载：裴晋公度与郎中庾威同生于甲辰，裴尝戏威曰："郎中乃雌甲辰也。"程文惠公与庞颖公同生于戊子，程已贵而庞尚为小官，尝戏庞曰："君乃小戊子耳。"后颖公大拜，文惠致书贺曰："今日大戊子却为小戊子矣。"颖公笑之。

钱公辅与王荆公坐，忽言荆公曰："周武王真圣人也。"荆公曰："何以言之？"公辅曰："武王年八十，犹为太子，非圣人，讵能如是？"荆公曰："是时文王尚在，安得不为太子也。"

王韶在熙河，多杀伐；晚年知洪州，学佛，事长老祖心。一日，拜而问曰："昔未闻道，罪障固多；今闻道矣，罪障灭乎？"心曰："今有人贫，日负债，及贵而遇债主，其债还乎，否也？"韶曰："必还。"曰："然则虽闻道矣，奈债主不相放邪！"怏然不悦。韶未几疽发于脑而卒。

苏子美谪居吴中，欲游丹阳，潘师旦深不欲其来，宣言于人，欲拒之。子美作《水调歌头》，有"拟借寒潭垂钓，又恐鸥鸟相猜，不肯傍青纶"之句，盖谓是也。

咸平中，张文定公齐贤建议，蕃部中族盛兵众，可以牵制继迁者，唯西凉而已。真宗皇帝用其议，拜潘罗丏为西凉节度使，旁泥埋为鄯州防御使，俾掎角攻讨，卒致继迁之死。唃氏遂保宗歌城，用僧立遵，奉为谋主，部落归劲兵数万。祥符末，遣使贡名马，请为朝廷讨夏州。真宗以戎人多诈，命曹玮知秦州，以备之，果得其诈伪之情。及玮破鱼角阵，戮贵样丹，又于三都谷大破西凉入寇之兵，复以奇计斩立遵，于是西凉破胆矣。

元昊未叛时，先以兵破回鹘，击吐蕃，修筑边障。谅祚亦连年攻唃氏，又破连珠城，然后以兵犯边。世人每见夷狄自相攻讨，以为中国之利，不知其先绝后顾之患，然后悉力犯我，此知兵者所宜察也。诸葛亮岂乐为渡泸之役，而矜能于孟获辈哉？亦欲先绝后患，而专意于中原也。

康定中，元昊入延州东路，犯安南、承平两寨；又以兵犯西路，声言将袭保安军,故延州发兵八万,支东西二隅,而元昊乃乘虚由北路击破金明寨,擒李士彬,直犯五龙川,破刘平、石元孙,遂围延州。嘉祐中,麟州之役,谅祚二年间连以兵屯窟野河,进逼边界,聚而复散。故武戡、郭思习以为常,轻兵而出,至忽理堆,覆发而兵败。然则敌人出没聚散,盖将有谋,知兵机者宜深察也。

西边城寨皆在平地,绥、银、灵、夏、宽、宥等州皆然也。太宗时,钱若水言绥州不可城,以其下有无定河,岁被水害。今绥州建于山上,不惟水不能害,而控制便利,甚得胜势。元丰中,收葭芦、米脂等寨,亦据山而城。及城永乐,徐给事禧坚欲于平地建筑,未就,为西戎所陷。

真宗与北蕃谋和,约以逐年除正旦生辰外,彼此不遣泛使。而东封太山,遣秘书监孙奭特报,亦只到雄州而止,奭牒北界,请差人到白沟交授书函。是时,北朝遣阁门使丁振至白沟,以授孙奭。厥后,北蕃欲讨高丽,遣耶律宁持书来告。是时,知雄州李允则不能如约止绝,乃遣人引道耶律宁至京。泛使至京,自此始矣。至康定中,西戎扰边,仁宗泛使郭积金奉使入北朝,北朝亦遣萧英、刘六符等至京,自此泛使纷纷矣。

嬾 真 子 录

［宋］马永卿　撰

田松青　校点

校 点 说 明

《嬾真子录》五卷,又名《嬾真子》,宋马永卿撰。永卿字大年,一作名大年,字永卿,扬州(今属江苏)人。徽宗大观三年(1109)进士,为永城主簿。后历官江都丞、淅川令、夏县令。在永城时,刘安世谪亳州,亦寓居是县,永卿因求教,遂从其学二十六年。后追录安世之语作《元城语录》及本书。其事迹见《宋史翼》卷二三。

据书末署绍兴六年(1136),知成书于南渡以后。书中记北宋以来之闻见及读书所得,内容较杂,既有轶闻遗事,亦有小说故事,卷三以后又多考证艺文,诠释诗赋,虽能发前人所未发,然未免有扬才露己之嫌。另外,于作家作品之本事亦有记述。

本书《宋史·艺文志》著录为五卷。后收入商濬《稗海》中,但刊刻之误甚多,胡珽(心耘)因而作《嬾真子录集证》,但未见刊行。后劳平甫据旧钞本校以他书,并采用了胡氏《集证》。涵芬楼《宋人小说》丛书收入劳平甫校本,傅增湘又校以《说郛》等书(详见涵芬楼《宋人小说》丛书《嬾真子录》夏敬观跋)。此次校点,即以涵芬楼《宋人小说》丛书本(即劳平甫校本)为底本,校以《四库全书》本等。凡底本有误者,据校本改正,不出校记。唯卷二末条中"二千石曹主"以下明显有缺文。按,《丛书集成》本此处有校点者缪荃孙的校记,云:"荃孙按,此下有脱简。再按,目录内'尚书八座'条下(《丛书集成》本并无目录,但每条前有小标题。——校点者)有'治性'、'咏魏帝庙'、'韩文少作宏放'三条。'治地者以下'云云,即'韩少作宏放'条文。商氏《稗海》刻并一条,误。"因情况特殊,故附及之。

目　　录

卷第一

　　温公之任崇福，春夏多在洛，秋冬在夏县。每日与本县从学者十许人讲书，用一大竹筒，筒中贮竹签，上书学生姓名。讲后一日，即抽签，令讲；讲不通，则公微数责之。公每五日作一暖讲，一杯、一饭、一面、一肉、一菜而已。温公先陇在鸣条山，坟所有余庆寺。公一日省坟，止寺中，有父老五六辈上谒云："欲献薄礼。"乃用瓦盆盛粟米饭，瓦罐盛菜羹，真饭土簋、啜土铏也。公享之如太牢。既毕，复前启曰："某等闻端明在县，日为诸生讲书，村人不及往听，今幸略说。"公即取纸笔，书《庶人章》讲之。既已，复前白曰："自《天子章》以下，各有《毛诗》两句，此独无有，何也？"公默然，少许，谢曰："某平生虑不及此，当思其所以奉答。"村父笑而去，每见人曰："我讲书曾难倒司马端明。"公闻之，不介意。

　　庐山东林寺有画须菩提像，如人许大，梵相奇古，笔法简易，真奇画也。题曰："戊辰岁樵人王翰作。"此乃本朝开宝四年画也。南唐自显德五年用中原正朔，然南唐士大夫以为耻，故江南寺观中碑多不题年号，而但书甲子而已。后戊辰七年，岁次乙亥，遂收江南。

　　仆友人陈师黯子直尝谓仆曰："汉诸儒所传《六经》，与今所行《六经》不同，互有得失，不可以偏辞论也。王嘉奏封事曰：臣闻咎繇戒帝舜曰：'无敖逸，欲有国，兢兢业业，一日二日万几。'师古曰：'《虞书·咎繇谟》之辞也。言有国之人不可敖慢佚欲，但当戒慎危惧，以理万事之几也。'"今《尚书》乃作"无教逸，欲有邦"，恐"敖"字转写作"教"字耳。若谓天子教诸侯逸欲，恐非是也。仆曰：《书·序》："科斗书废已久，时人无能知者，为隶古定，更以竹简写之。"所写讹，或有此理。

　　自唐以来呼太常卿为"乐卿"，或云太常礼乐之司，故有此名。然不呼为"礼卿"，何也？然此二字古有之：《前汉·食货志》武帝"置赏官，名曰武功爵"，第八级曰"乐卿"，故后之文人因取二字用之，亦自无害耳。

元城先生有言：《魏徵传》称：帝仆所为碑，停叔玉昏，顾其家衰矣。此言非也。郑公之德，国史可传，何赖于碑而停叔玉昏？乃天以佑魏氏也。且房、杜何如人也，以子尚主，遂败其家。仆后考魏氏之谱，郑公四子：叔玉、叔瑜、叔琬、叔珪，而叔瑜生华，华生商，商生明，明生冯，冯生蓍，至此五世矣。使其家尚主，而其祸或若房、杜，岂有再振之理？故先生曰"停叔玉昏，乃天以佑魏氏"，信哉！

《杜牧传》称牧仕宦不合意，而从兄悰位将相，怏怏不平，卒年五十。仆以《杜氏家谱》考之：襄阳杜氏出自当阳侯预，而佑盖其后也。佑生三子：师损、式方、从郁。师损三子：诠、愉、羔。式方五子：恽、憕、悰、恂、慆。从郁二子：牧、颛。群从中悰官最高，而牧名最著。岂以富贵声名不可兼乎？杜氏凡五房：一京兆杜氏，二杜陵杜氏，三襄阳杜氏，四洹水杜氏，五濮阳杜氏。而杜甫一派不在五派之中，岂以其仕宦不达而诸杜不通谱系乎？何家谱之见遗也。《唐史》称杜审言襄州襄阳人，晋征南将军预远裔。审言生闲，闲生甫。由此言之，则甫、杜佑同出于预，而家谱不载。未详。

陕府平陆主簿张贻孙子训尝问仆鱼袋制度，仆曰：今之鱼袋，乃古之鱼符也。必以鱼者，盖分左右可以合符，而唐人用袋盛此鱼，今人乃以鱼为袋之饰，非古制也。《唐·车服志》曰：随身鱼符，左二右一。左者进内，右者随身，皆盛以袋。三品以上饰以金，五品以上饰以银。景云中，诏衣紫者以金饰之，衣绯者以银饰之。谓之章服，盖有以据也。

天道远矣。汉再受天命，其兆见于孝景程姬之事。然长沙定王发，凡有十五子，并载于王子侯者：《年表》元光六年七月乙巳受封者四人，元朔四年三月乙丑受封者六人，元朔五年三月癸酉受封者一人，其年六月壬子受封者四人。内舂陵侯买乃其一也。舂陵侯者，乃光武之祖也。舂陵节侯买卒，戴侯熊渠嗣；卒，孝侯仁嗣；卒，侯敞嗣。建武二年，立敞子祉为城阳王，盖以祉者，舂陵之正统也，故光武立为王。然则国之兴废岂偶然哉？仆以光武出于舂陵买之后，而长沙定王发，本传中不载，其详因备载之。

　　张子训尝问仆曰："蒙恬造笔，然则古无笔乎？"仆曰："非也。古非无笔，但用兔毛，自恬始耳。《尔雅》曰：'不律谓之笔。'史载笔诗云'贻我彤管'，'夫子绝笔获麟'。《庄子》云：'舐笔和墨。'是知其来远矣。但古笔多以竹，如今木匠所用木斗竹笔，故其字从'竹'。又或以毛但能染墨成字，即谓之'笔'。至蒙恬乃以兔毛，故《毛颖传》备载之。"

　　田敬仲、田穉孟、田湣、田须无、田无宇、田开、田乞、田常，"五世之后，并为正卿"，谓田无宇也；"八世之后，莫之与京"，谓田常也。自齐桓公十四年陈公子完来奔，岁在己酉，至简公四年田常弑其君，凡一百九十二年，其事始验。《史记》但云"田敬仲完世家"，不谓之齐，不与其篡也，与《庄子·胠箧篇》同义。

　　元城先生尝言：古之史出于一人之手，故寓意深远。且如《前汉书》，每同列传者，亦各有意。杨王孙，武帝时人；胡建，昭帝时人；朱云，元帝时人；梅福，成帝时人；云敞，平帝时人；为一列传，盖五人者皆不得其中，然其用意，则皆可取。王孙裸葬，虽非圣人之道，然其意在于矫厚葬也。胡建为军正丞，不上请而擅斩御史，然其意在于明军法也。朱云以区区口舌斩师傅，然其意在于去佞臣也。梅福以疏远小臣而言及于骨肉权臣之间，然其意在于尊王室也。云敞犯死救师，虽非中道，然忠义所激耳，稍近其中。故《叙传》云："王孙裸葬，建乃斩将。云廷讦禹，福逾注云："远也。"刺风。是谓狂狷，敞近其衷。注云："中也。""言此五人皆狂狷不得中道，独敞近于中耳。此其所以为一列传。

　　世言"五角六张"，此古语也。尝记开元中有人忘其姓名。献俳文于明皇，其略云："说甚三皇五帝，不如求告三郎。既是千年一遇，且莫五角六张。""三郎"谓明皇也。明皇兄弟六人，一人早亡，故明皇为太子时号为"五王宅"。宁王、薛王，明皇兄也；申王、岐王，明皇弟也，故谓之"三郎"。"五角六张"，谓五日遇角宿，六日遇张宿。此两日作事多不成，然一年之中，不过三四日。绍兴癸丑岁只三日：四月五日角，七月二十六日张，十月二十五日角。多不过四日，他皆仿此。

　　王禹玉，年二十许，就扬州秋解试，《瑚琏赋》官韵"端木赐为宗庙之器"。满场中多第二韵用"木"字，云"唯彼圣人，粤有端木"。而禹玉独于第六韵用之："上睎颜氏，愿为可铸之金；下笑宰予，耻作不雕之木。"则其奇巧亦异矣哉。

世所传《五柳集》数本不同，谨按：渊明乙丑生，至乙巳岁赋《归去来》，是时四十一矣。今《游斜川诗》或云辛丑岁，则方三十七岁；或云辛酉岁，则已五十七；而诗云："开岁倏五十。"皆非也。若云"开岁倏五日"，则正序所谓正月五日，言开岁倏忽五日耳。近得庐山东林旧本，作"五日"，宜以为正。又旧"气和天象澄"作"此象"，讹耳。集中如此类极多，今特举此一篇。

《诗》、《书》之序，旧同在一处，不与本篇相连，如《尧典》、《舜典》以下，《关雎》、《葛覃》以下，并一简牍而书之，至孔安国乃移之，故曰《书序》。序所以作者之意昭然易见，宜相附近，故引之各冠其篇首。后毛公为《诗传》，亦复如是。故《逸书》、《逸诗》之名可以见者，缘与今所存之序同此一处故也。若各冠其篇者首，亡之矣，盖其余则简编众多，故或逸之，今之《逸书》、《逸诗》是也。

"成汤既没，太甲元年。"注云："太甲，太丁之子，汤之孙也。太丁未立而卒，及汤没，而太甲立，称元年。""惟元祀十有二月乙丑，伊尹祠于先王。"注云："成汤崩逾月，太甲即位，奠殡而告。"据此文意，则成汤之后，中间别无君也。然《孟子》云："汤崩，太丁未立，外丙二年，仲壬四年，太甲颠覆汤之典刑，伊尹放之于桐。"据此，则中间又有两君矣。《史记》："汤崩，太丁未立而卒，于是乃立太丁之弟外丙，是为帝外丙。外丙即位二年，崩，立外丙之弟仲壬，是为帝仲壬。帝仲壬即位四年，崩，伊尹乃立太丁之子太甲。太甲，成汤适长孙也。"以此考之，然则《书》所谓"成汤既没，太甲元年"者，盖谓伊尹欲明言成汤之德以训于王，故须先言成汤既没，非谓中间无二君也。而注误认此语，遂失之，当以《孟子》、《史记》为之正。

五柳《与商晋安别诗》旧本十韵，第九韵云："良才不隐世，江湖多贱贫。"第十韵云："脱有经过便，念来存故人。"今世有本无第十韵，故东坡诗《送张中》亦止于"贫"字，云："不救归装贫。"又今本云："游好非久长，一遇尽因勤。"而旧本云："游好非少长，一遇定因勤。"盖其意云：吾与子非少时长时游从也，但今一相遇，故定交耳。此语最妙，识者宜自知之。

唐秘书省吏凡六十七人，典书四人，楷书十人，令史四人，书令史九人，亭长六人，掌固八人，熟纸匠十人，装潢匠十人，笔匠六人。且世但知乡村之吏谓之"亭长"，殊不知唐诸司多有之。《尚书省志》云："以亭长启闭传禁约。"则知三省亦有也。然装潢恐是今之表背匠，然谓之潢，其义未详。

元祐中，东坡知贡举日，并行诗赋、经义，《书》题中"出而难任人，蛮夷率服"。注云："任，佞也。难者，拒之使不得进也。难任人，则忠信昭而四夷服。"东坡习大科日曾作《忠信昭而四夷服论》，而新经与注意同。当时举子以谓东坡故与金陵异说，以谓难于任人则得贤者，故四夷服。及东坡见是说，怒曰："举子至不识字。"辄以"难"去声为"难"平声，尽黜之，惟作"难"去声字者皆得。盖东坡元不曾见新经，而举子未尝读注故也。闻之于柴慎微。

古今之事有可资一笑者，太公八十遇文王，世所知也。然宋玉《楚词》云："太公九十乃显荣兮，诚未遇其匹。"合东方朔云："太公体行仁义，七十有二，乃设用于文武。"噫！太公老矣，方得东方朔减了八岁，却被宋玉展了十岁。此事真可绝倒。

古人吟诗绝不草草，至于命题，各有深意。老杜《独酌》诗云："步屧深林晚，开樽独酌迟。仰蜂粘落絮，行蚁上枯梨。"《徐步》诗云："整履步青芜，荒庭日欲晡。芹泥随燕嘴，花蕊上蜂须。"且独酌则无献酬也，徐步则非奔走也，以故蜂蚁之类微细之物皆能见之。若夫与客对谈，急趋而过，则何暇视详至于如是哉？仆尝以此理问仆舅氏，舅氏曰："《东山》之诗盖尝言之：'伊威在室，蠨蛸在户。町疃鹿场，熠耀宵行。'此物寻常亦有之，但人独居闲时乃见之耳。杜诗之源，盖出于此也。"

"吴兴老释子，野雪盖精庐。诗名徒自振，道心长晏如。想兹栖禅夜，见月东峰初。鸣钟落岩壑，焚香满空虚。叨慕端成旧，未识岂为疏。愿以碧云思，方君怨别余。茂苑文华地，流水古僧居。何当一游咏，倚阁吟踟蹰。"右韦苏州《招昼公》诗。昼公即皎然也，居于湖。旧说皎然欲见韦苏州，恐诗体不合，遂作古诗投之。苏州一见，大不满意。继而皎然复献旧诗，苏州大称赏曰："几误失大名，何不止以所长见示，而辄希老夫之意？"且苏州诗格如此高古，而皎然卒然效之，宜乎不逮也。士欲迎合者，以此少戒。

同州澄城县有"九龙庙"，然只一妃耳。土人云："冯瀛王之女也。"夏县司马才仲戏题诗云："身既事十主，女亦妃九龙。"过客读之，无不一笑。才仲名槭，兄才叔，名樋，皆温公之侄孙，豪杰之士，咸未四十而卒。文季每言及之，必惨然也。

圣人之言何其远哉，虽弟子皆可与闻，而又择其中尤可与言者言之。仲尼之弟子皆孝也，而曾子为上首，故孔子与之言《孝经》。佛之弟子皆解空也，而须菩提为上首，故佛与之言《金刚经》，余弟子不与也。

《楚辞·山鬼》曰："若有人兮山之阿，被薜荔兮带女萝。既含睇兮又宜笑，子慕予兮善窈窕。"仆读至此，始悟《庄子》之言曰："西施捧心而嚬，邻人效之，人商本无人字。皆弃而走。"且美人之容，或笑或嚬，无不佳者，如屈子以笑为宜，而庄子以嚬为美也。若丑人则嚬固增丑状，而笑亦不宜矣。屈、庄皆方外人，而言世间事，曲尽其妙，然而不害为道人也。

襄、邓之间多隐君子。仆为淅川令，日与一老士人郑芷字楚老往还。楚老之言可取者极多，今但记其论天一说。楚老之言曰：古今言天者多矣，皆无所考据，独一说简易可信。《列子》之言曰："终日在天中行止。"张湛注曰："自地以上，皆天也。"此言可信。仆初未信其言，俄被差为金州考试官，行金房道中，过外朝、鸡鸣、马息、女娲诸岭，高至十里或二十里，然则自下望之，岂不在天中行乎？后又观《抱朴子》言："自地以上四十里，则乘气刚而行。盖自此以上，愈高愈清，则为神灵之所居，三光之所县，盖天积气耳，非若形质而有拘碍，但愈高则愈远耳。"若曰自地至天凡若干里，仆不信也。

杜工部《送重表侄王砅评事》诗云："秦王时在坐，真气惊户牖。"又云："次问最少年，虬须十八九。"然"十八九"三字，乃出于《丙吉传》云："武帝曾孙在掖庭外家者，至今十八九矣。"其语盖出于此。始信老杜用事若出天成，其大略如此，今特举此一篇。

县尉呼为"少府"者,古官名也。《汉·百官表》云:大司农供军国之用,少府则奉养天子,名曰"禁钱",自是别为藏。少者小也,故称少府,以亚大司农也。盖国朝之初,县多惟令、尉。令既呼"明府",故尉曰"少府",以亚于县令。

东坡至黄州,邀一隐士相见,但视传舍,不言而去。东坡曰:"岂非以身世为传舍相戒乎?"因赠以诗,末云:"士廉岂识桃椎妙,妄意称量未必然。"此盖用朱桃椎故事也。高士廉备礼请见,与之语,不答,瞪目而去。士廉再拜,曰:"祭酒其使我以无事治蜀耶?"乃简条目,州遂大治。东坡用事之切当如此,皆取隐士相见不言之义也。

今之夷狄谓中国为汉者,盖有说也。《西域传》载武帝《轮台诏》曰:"匈奴缚马前后足,言秦人我丐若马。"注:"谓中国人为秦人,习故言也。"故今夷狄谓中国为"汉",亦由是也。

《郑吉传》云:"威振西域,并护西北道,故号都护。""中西域而立幕府,治乌垒城,镇抚诸国,诛伐怀集之。汉之号令班西域矣,始自张骞,成于郑吉。"仆以《西域传》考之,乌垒距龟兹国三百五十里,而乌垒去阳关二千七百三十八里,于西域为中。然乌垒户百一十,口千二百,胜兵三百人,而西域五十余国,咸听指挥,盖汉积威之所致也。始信女真以三五胡人守中国一大郡,而人不敢图者,良有以夫。

沈传师《游岳麓寺》诗云:"承明年老辄自论,乞得湘守东南奔。"盖用严助故事也。严助为会稽太守,数年不闻问,赐书曰制诏会稽太守君厌承明之庐劳侍从之事。今以《传师传》考之:穆宗时,"召入翰林为学士,改中书舍人。翰林阙承旨,次当传师,穆宗欲面命,辞曰:'学士院长参天子密议,次为宰相,臣自知必不能,愿治人一方,为陛下长养之。'因称疾出。遂以本官兼史职。俄出为湖南观察使"。故传师于诗以见其志。

元城先生曰:某之北归,与东坡同途,两舟相衔,未尝一日不相见。尝记东坡自言少年时与其父并弟同读富郑公《使北语录》,至于说大辽国主,云:用兵则士马物故,国家受其害;爵赏日加,人臣受其利。故凡北朝之臣劝用兵者,乃自为计,非为北朝计也。虏主明知利害所在,故不用兵。三人皆叹其言,以为明白而切中事机。时老苏谓二子曰:"古人有此意否?"东坡对曰:"严安亦有此意,但不如此明白。"老苏笑以为然。

卷第二

仁宗皇帝道德如古帝王，然禅学亦自高远。仆游阿育王山，见皇祐中所赐大觉禅师怀琏御书五十三卷，而偈、颂极多。内有一颂留怀琏住京师云："虚空本无碍，智解来作祟。山即如如体，不落偏中位。"又有一颂，后作一圆相，下注两行云："道着丧身失命，道不着瞒肝佛性。"仰窥见解，实历代祖师之上。宜乎身居九重，道超万物，外则不为奸邪所蔽，内则不为声色所惑，而享永年。推其绪余，燕及天下；昆虫草木，咸受上赐。故《宸奎阁记》云："古今通佛法者，一人而已。"至哉，言乎！

本朝宰相衔带译经润文使，盖本于唐也。显庆元年正月，玄奘法师在大慈恩寺翻译西天所得梵本经论。时有黄门侍郎薛元超、中书侍郎李义府问"古来译仪式如何"，师答云："苻坚时，昙摩瞿译，中书侍郎赵整执笔。姚兴时，鸠摩罗什译，安城侯姚嵩执笔。后魏时，菩提留支译，侍中崔光执笔。贞观中，波罗颇那译，左仆射房玄龄、赵郡王李孝恭、太子詹事杜正伦、太府卿萧璟等监阅。今独无此。"正月壬辰敕曰："大慈恩寺僧玄奘所翻经论，既新传译，文义须精，宜令太子太傅尚书左仆射燕国公于志宁、中书令来济、礼部尚书许敬宗、黄门侍郎薛元超、中书侍郎李义府、杜正伦时为看阅，有不稳当处，即随事润色之。"右出《藏经·三藏法师传》。

关中隐士骆耕文道常言："修养之士，当书《月令》置坐左右，夏至宜节嗜欲，冬至宜禁嗜欲。盖一阳初生，其气微矣，如草木萌生，易于伤伐，故当禁之，不特节也。且嗜欲四时皆损人，但冬夏二至，阴阳争之时，大损人耳。"仆曰：不独《月令》如此，唐柳公度年八十余，有强力人问其术，对曰："吾平生未尝以脾胃熟生物、暖冷物，以元气佐喜怒。"此亦可为座右铭也。耕道曰然。

旧说载：王禹玉久在翰苑，曾有诗云："晨光未动晓骖催，又向坛头饮社杯。自笑治聋终不是，明年强健更重来。"或曰："古人之诗有此意乎?"仆曰:"白乐天《为忠州刺史九日题涂溪》云:'蕃草席铺枫岸叶,竹枝歌送菊花杯。明年尚作南宾守,或作重阳更一来。'亦此意也。但古人作诗必有所拟,谓之'神仙换骨法',然非深于此道者,亦不能也。"

六一先生作事,皆寓深意。公生于景德之四年,至庆历五年坐言者论张氏事,责知滁州,时方年三十九矣。未及强仕之年,已有"醉翁"之号,其意深矣。后韩魏公同在政府,六一长魏公一岁,魏公诸事颇从之。至议推尊濮安懿王,同朝俱攻六一,故六一遗令托魏公作墓志。墓志中盛言初议推尊时,乃政府熟议,共入文字,欲令魏公承当此事,以破后世之惑耳。或云:张氏事虽下六一千百辈人,犹且不为。至若推尊,则遽忘前朝盛德,而大违典礼,故诸公攻之,不少贷也。然六一深以此事为然,故于《五代史·义儿传》极致意焉。噫!人心不同,犹其面也。此言得之。

温公熙宁、元丰间,尝往来于陕、洛之间,从者才三两人,跨驴道上,人不知其温公也。每过州县,不使人知。一日,自洛趋陕。时陕守刘仲通讳航,元城先生之父也;知公之来,使人迓之,公已从城外过天阳津矣。刘遽使以酒四樽遗之,公不受。来使告云:"若不受,必重得罪。"公不得已,受两壶。行三十里,至张店镇,乃古傅岩故地,于镇官处借人,复还之。后因于陕之使宅建"四公堂",谓召公、傅公、姚公、温公,此四公者,皆陕中故事也。唐姚中令,陕之硖石人,今陕县道中路旁有姚氏墓碑,徐峤之书并撰。

仆少时在高邮学,读《送穷文》至"五鬼相与张眼吐舌,跳踉偃仆,抵掌顿脚,失笑相顾",仆不觉大笑。时同舍王抃彦法问曰:"何矧?"笑至甚为矧。仆曰:"岂退之真见鬼乎?"彦法曰:"此乃髑髅之深嚬蹙頞,盖想当然耳。且古人作文,必有所拟,此拟扬子云《逐贫赋》也。"仆后以此言问于舅氏张奉议从圣作,舅氏曰:"不然。规矩,方圆之至也,若与规矩合,则方圆自然同也。若学问至古人,自然与古人同,不必拟也。譬如善射,后矢续前矢;善马,后足及前足,同一理也。"昨日读韩文,忽忆此话,今三十年矣,抚卷惊叹者久之。

诗人之言,为用固寡,然大有益于世者,若《长恨歌》是也。明皇、太真之事，本有新台之恶，而歌云："杨家有女初长成，养在深闺人未识。"故世人罕知其为寿王瑁之妃也。《春秋》为尊者讳，此歌真得之。

谥之曰"灵"，盖有二义。《谥法》曰："德之精明曰灵。"又曰："乱而不损曰灵。"若周灵王、卫灵公，是美谥也；若楚灵王、汉灵帝，是恶谥也。《庄子》曰："灵公之为灵也，久矣。"此褒之也。《汉·赞》曰："灵帝之为灵也优哉！"此贬之也。故曰：此一字兼美恶两义。

唐世士大夫崇尚家法，柳氏为冠，公绰唱之，仲郢和之，其余名士亦各修整。旧传：柳氏出一婢。婢至宿卫韩金吾家，未成券，闻主翁于厅事上买绫，自以手取视之，且与驵侩议价。婢于窗隙偶见，因作中风状，仆地。其家怪问之，婢云："我正以此疾，故出柳宅也。"因出，外舍问曰："汝有此疾，几何时也？"婢曰："不然。我曾伏事柳家郎君，岂忍伏事卖绢牙郎也？"其标韵如此，想是柳家家法清高，不为尘垢卑贱，故婢化之，乃至如此。虽今士大夫妻有此见识者，少矣，哀哉！闻之于田亘元邈。

仆友王彦法善谈名理，尝谓世人但知韩退之不好佛，反不知此老深明此意。观其《送高闲上人序》云："今闲师浮屠氏，一死生，解外胶，是其为心，必泊然无所起；其于世，必淡然无所嗜。泊与淡相遭，颓堕委靡，溃败不可收拾。"观此言语，乃深得历代祖师向上休歇一路，其所见处大胜裴休。且休尝为《圆觉经序》，考其造诣，不及退之远甚。唐士大夫中，裴休最号为奉佛，退之最号为毁佛，两人所得浅深乃相反如此，始知循名失实，世间如此者多矣。彦法名抃，高邮人，慕清献之为人，卒于布衣。仆今日偶读《圆觉经序》，因追书之。

退之《感二鸟赋》云："贞元十五年五月戊辰，愈东归。"又云："读书著文自七岁至今，凡二十二年。"以文集详考之，是年乃贞元十一年也。今按：贞元十一年退之年二十八，是年三上书宰相，不遇而出关，故曰"自七岁至今，凡二十二年"。至十二年七月从董晋平汴州，至十五年二月晋薨，退之护丧归葬洛阳，半道闻汴州乱。退之既至洛阳，径走彭城省视其家，遂复在徐州节度使张建封幕下。是年五月作《董晋行状》，其后书云："贞元十五年五月十八日，故吏前汴、宋、亳、颍等州观察推官将仕郎试秘书省校书郎韩愈状。"是时，退之年三十一,则知作《感二鸟赋》时贞元十一年明矣,但后人误书十五年也。

杜牧之《华萼楼》诗云:"千秋佳节名空在,承露丝囊世已无。唯有紫苔偏称意,年年因得上金铺。""金铺"出《甘泉赋》云:"排玉户而飏金铺。"注云:"金铺,门首也。言风之所至,排门飏铺,击鼓锾钮。"盖此楼久无人登,而苔藓生其门上矣。汉以金盘承露,而唐以丝囊。丝囊可以承露乎? 此不可解。

襄、邓之间多隐君子。仆尝记陕州夏县士人乐举明远尝云:"二十四气其名皆可解,独小满、芒种说者不一。"仆因问之,明远曰:"皆谓麦也。'小满'四月中,谓麦之气至此,方小满而未熟也。'芒种'五月节,'种'读如'种类'之'种',谓种之有芒者,麦也,至是当熟矣。"仆因记《周礼》:稻人"泽草所生,种之芒种"。注云:"泽草之所生,其地可种芒种。芒种,稻麦也。"仆近为老农,始知过五月节,则稻不可种。所谓芒种五月节者,谓麦至是而始可收,稻过是而不可种矣。古人名节之意,所以告农候之早晚深矣。

《庄子》之言,有与人意合者,今辄记之。《庄子》之言曰:"地非不广且大也,人之所用容足耳。然侧足而垫之,致黄泉。"解之者曰:垫者,掘也。地亦大矣,人之所用,不过容足。若使侧足之外,掘至黄泉,则人战栗不能行矣。仆因从而解之曰:所以然者,以足外无余地也。今有人廉也,而人以为贪;正也,而人以为淫。何也? 以廉正之外,无余地也。若云伯夷之廉也,柳下惠之正也,则人无不信者,以有余地也。故曰:君子能为可信,不能使人之必信。人若未信,当求之己,不可求之人。

政和中,仆为邓州淅川县令,与顺阳主簿张持执权同为金州考试官。毕,同途而归,至均州界中,宿于临汉江一寺。寺前水分为两股,行十余里复合。主僧年六十余,极善谈论。因言股河,主僧曰:"不独江汉如此,天汉亦复如是。"因取《天汉图》相示:天汉起于东方,经箕尾之间,谓之汉津,乃分为二道:其南道则经傅说星、天籥星、天弁星、河鼓星;其北道则经龟星、南斗魁星、左旗下至天津,而合为一道。故知股河,天地皆然也。仆曰:"凡水之行,前遇堆阜,则左右分流,遂如股之状。今天汉乃水象,亦有高卑坳平之状乎?"其僧笑曰:"吾不知也。”后有知星者亦不能答。

天下之事有一可笑者，今辄记之。子路在弟子中号为好勇，天下之至刚强人也；而卫弥子瑕者，至以色悦人，天下之至柔弱人也，然同为友婿。故《孟子》曰：“弥子之妻，与子路之妻兄弟也。弥子谓子路曰：‘夫子主我，卫卿可得也。’”夷考其时正卫灵公之时，何二人赋性之殊也？《尔雅》曰：“两婿相谓为亚。”注云：“今江东人呼同门为僚婿，严助传呼友婿。江北人呼连袂，又呼连襟。”

“志士感恩起，变衣非变性。朋友改旧观，僮仆生新敬。”右孟东野《赠韩退之为行军司马》诗。以《传》考之，非也。东野卒于元和九年，时退之为史馆修撰，至元和十二年冬，乃以右庶子为彰义军行军司马，而东野不及见也。前诗乃退之从董晋入汴州为汴州观察推官时诗也。退之年二十五及第，四五年不得官，至贞元十二年乃为董相从事，故有“旧观新敬”之语。其后为中书舍人，左迁右庶子，乃为行军司马，位望隆盛久矣，何“新敬”之说哉。

《曹成王碑》句读差讹，说不可解；又为人转易其字，故愈不可解。仆旧得柴慎微善本，今易正之。一本云：“观察使残虐使将国良戍界，良以武冈叛。”柴本作：“初，观察使虐使将国良，往戍界。”本无“残”字。盖虐使其将国良，往戍界，故良不往，以武冈叛也。又一本云：“披安三县，诛其州，斩伪刺史。”柴本“诛”字作“怵”。披音普靡反，盖言披剥安州之三县，故以威名怵惧其州人，使斩其不当为刺史者。盖当时刺史，李希烈之党也。

今之僧尼戒牒云：“知月黑白大小。”及“结解夏之制”，皆五印度之法也。中国以月晦为一月，而天竺以月满为一月。《唐西域记》云：“月生至满谓之白月，月亏至晦谓之黑月。”又其十二月所建，各以所直二十八宿名之，如中国建寅之类是也。故夏三月，自四月十六日至五月十五日，为额沙荼月，即鬼宿名也。自五月十六日至六月十五日，谓之室罗伐拿月，即柳星名也。自六月十六日至七月十五日，谓之婆达罗钵陁月，即翼星名也。黑月或十四日或十五日，月有大小故也。故中国节气与印度遁争半月，中国以二十九日为小尽，印度以十四日为小尽；中国之十六日，乃印度之初一日也。然结夏之制，宜如

《西域记》用四月十六日，盖四月十五日乃属逝瑟吒月，乃印度四月尽日也。仆因读《藏经》，故谩录出之。

《泷吏》诗云："瓿大瓶罂小，所任自有宜。"《考工记》"砖埴之工陶瓬"，注云："瓬，读为甫始之甫。"郑玄谓瓬读如放，《音义》"甫冈切"，《韵略》："甫两切，与昉同音，注云：砖埴工。"以此考之，则瓬者乃砖埴之工耳，非器也。而退之乃言"瓿大瓶瓮小"者，何也？《考工记》："瓬人为簋，实一觳，崇尺，厚半寸，唇寸，豆实三而成觳，崇尺。"注："觳受斗二升，豆实四升。"故云"豆实三而成觳"。然则瓬人所作器，大者不过能容斗二升，小者不过能容四升耳。《考工记》前作"陶瓬"，后作"瓬人"，当以后为正。

退之《石鼓歌》云："镌功勒成告万世，凿石作鼓隳嵯峨。从臣才艺咸第一，拣选撰刻留山阿。"或云：此乃退之自况也。淮西之碑，君相独委退之，故于此见意。此说非也。元和元年，退之自江陵法曹徵为博士，时有故人在右辅，上言祭酒，乞奏朝廷，以十橐驼载十石鼓安太学，其事不从。后六年，退之为东都分司郎官，及为河南令，始为此诗。歌中备载此事明甚。后元和十二年春，退之始被命为《淮西碑》，前歌乃其谶也。又云"日消月铄就埋没"，而《淮西碑》亦竟磨灭，恐亦谶也。

《曹成王碑》云："王姓李氏，讳皋，字子兰，谥曰成。其先王明，以太宗子国曹。"又云："太支十三，曹于弟季；或亡或微，曹始就事。"今按：曹王明之母杨氏，乃齐王元吉之妃也，后太宗以明出继元吉后，此人伦之大恶也。故退之为国讳，既言"其先王明，以太宗子国曹"，又云"太支十三，曹于弟季"。其言"弟季"，或尤有深意，盖元吉之变在于蚤年，及其暮年，乃有曹王，故曰"弟季"，盖非东昏奴之比也。前辈用意皆出忠厚，诚可法哉。

李方叔初名豸，从东坡游。东坡曰："《五经》中无公名。独《左氏》曰：'庶有豸乎？'乃音直氏切，故后人以为'虫豸'之'豸'。又《周礼》：'置其緌。'亦音雉，乃牛鼻绳也。独《玉篇》有此'豸'字。非《五经》不可用，今宜易名曰'廌'。"方叔遂用之。秦少游见而嘲之曰："昔为有脚之狐乎？今作无头之廌乎？"豸以况狐，廌以况廌，方叔仓卒无以答之,终身以为恨。

长安慈恩寺塔有唐进士题名石刻,虽妍媸不同,然皆高古有法度,后人不能及也。宣和初,本路漕柳瑊集而刻之石,亦为奇玩,然不载雁塔本末。仆读《藏经》,因谩记之。唐玄奘法师贞观三年八月往五印度取经,十九年正月复至京师,得如来舍利一百五十粒,梵夹六百五十七部,始居洪福寺翻译。至二十二年,皇太子治为文德皇后于宫城南晋昌里建太慈恩寺。寺成,令玄奘居之。永徽二年,师乃于寺造砖浮屠以藏梵本,恐火灾也。所以谓之雁塔者,用西域故事也。王舍城之中有僧娑窣堵波。僧娑者,唐言雁,窣堵波者,唐言塔也。师至王舍城,尝礼是塔,因问其因缘,云:"昔此地有伽蓝依小乘食三净食。三净者,谓雁也、犊也、鹿也。一日,众僧无食,仰见群雁翔飞,辄戏言曰:'今日众僧阙供摩诃萨埵,宜知之。'其引前者应声而坠。众僧饮泣,遂依大乘,更不食三净,仍建塔,以雁埋其下。"故师因此名塔。先是,师先翻《瑜珈师地论》,成,进御,太宗制《大唐三藏圣教序》,时皇太子治又制《述三藏圣记》。有洪福寺僧怀仁集王右军字,勒二文于碑。及雁塔成,褚遂良乃书二帝序、记,安二碑于塔上,其后遂为游人盛集之地。故章八元诗云:"七层突兀在虚空,四十门开面面风。却讶鸟飞平地上,自惊人语半天中。回梯暗踏如穿洞,绝顶初攀似出笼。落日凤城佳气合,满城春瑞雨濛濛。"此诗人所脍炙,然未若少陵之高致也。杜诗人所易见,此更不录。

唐人欲作《寒食》诗,欲押"饧"字,以无出处,遂不用。殊不知出于《六经》及《楚辞》也。《周礼》:"小师掌教箫。"注云:"箫,编小竹管,如今卖饴饧所吹者。"《有瞽》诗:"箫管备举。"《笺》云:"箫,小竹管,如今卖饴饧所吹也。管如篴,并而吹之。"《招魂》曰:"粔籹蜜饵,有餦餭些。"注云:"餦餭,饧也。"盖战国时以饧为餦餭,至后汉时亦谓之饧耳。

尚书谓之八座,其来久矣,然学者少究其源。或以六曹二丞为八座,或以六曹二仆为八座,皆非也。此事载于《晋书·职官志》甚详,今录于左。汉光武以三公曹主岁尽考课诸州郡事,改常侍曹为吏部曹,主选举祠祀事,民曹主缮修功作盐池园苑事,客曹主护驾羌胡朝驾事，二千石曹（下有缺文）主治地者。得此序石刻，题云"前乡贡进士韩愈撰"，乃知作此文时年未三十，故能豪放如此。今按退之年二十五及第，后三试博学宏辞科，皆被黜，故曰四举于礼部乃一得，三选于吏部卒无成，继而以乡贡进士三上书宰相，复不遇，即出关，时年二十八矣。且以退之文辞宏放如此而被黜，何哉？盖唐人之文皆尚华丽妥贴，而退之乃聱牙如此，宜乎点额也。

卷第三

艺祖既平江南,诏以兵器尽纳扬州,不得支动,号曰"禁库"。方腊作乱,童贯出征,许于逐州军选练兵仗。既开禁库,两方将士望见所贮弓挺直,大喜曰:"此良弓也!"因出试之,宛然如新。是日,弓数千张立尽。噫!自开宝之乙亥至宣和之辛丑,一百四十七年而胶漆不脱,可谓异矣。女真犯阙,东南起勤王之师。仆时为江都丞,帅臣翁彦国令扬州作院造神臂弓,限一月成,皆不可用。当时识者以为国初之弓限一年成,而今成于旬日之间,宜乎美恶之相绝也。仆考《考工记》,然后知弓非一年不可用也。"弓人为弓,取六材必以其时"。"凡为弓,冬析榦,春液角,夏治筋,秋合三材。寒奠体,冰析灂,春被弦",则一年之事。郑氏注云:"期年乃可用。"且三代之时,百工传氏,孙袭祖业,子受父训,故其利害如此详尽。我艺祖奋起于五代之后,而制作之妙远合三代,不亦圣谟之宏远乎?

洛中邵康节先生,术数既高,而心术亦自过人。所居有圭窦、瓮牖。圭窦者,墙上凿门,上锐下方,如圭之状;瓮牖者,以败瓮口安于室之东西,用赤白纸糊之,象日月也。其所居谓之"安乐窝"。先生以春秋天色温凉之时,乘安车,驾黄牛,出游于诸公家。诸公家欲其来,各置安乐窝一所。先生将至其家,无老少、妇女、良贱,咸迓于门。迎入窝,争前问劳,且听先生之言。凡其家妇姑、妯娌、婢妾有争竞,经时不能决者,自陈于前,先生逐一为分别之,人人皆得其欢心。于是酒肴竞进,厌饮数日,徐游一家,月余乃归。非独见其心术之妙,亦可想见洛中士风之美。闻之于司马文仲楫。

《前汉·百官表》"少府"之属官凡五十余人,有导官掌米谷以奉至尊。然学者多疑"导"字之义。仆考《唐·百官志》导官令"掌导择米麦,凡九谷皆随精麁,考其耗损而供"。然《汉》"导"字下从"寸",《唐》"稻"字下从"禾"。今按:《韵略》:"瑞禾一茎六穗谓之稻。"恐唐以瑞禾名官也。仆尝以此问舅氏,笑云:"此盖读司马长卿《封禅书》

误耳。《书》云：'桼一茎六穗于庖。'注云：'桼，择也。一茎六穗，谓嘉禾之米也。'后人误以瑞禾为桼，遂并官名失之，可一笑也。"舅氏张文林相茂实，端方不偶，而卒于铨曹。於戏！

前汉初去古未远，风俗质略，故太上皇无名，母媪无姓。然《唐·宰相世系表》叙刘氏所出云："昔士会适秦，归晋，有子留于秦，自为刘氏。秦灭魏，徙大梁，生清。徙沛，生仁，号丰公。生煓，煓音湍。字执嘉，生四子：伯、仲、邦、交。邦，汉高帝也。"噫！高皇之父，汉史不载其名，而唐史乃载之。此事亦可一笑。

《唐史·韩退之传》："擢监察御史，上疏极谏宫市，德宗怒，贬阳山令。"此说非也。集中自载《御史台上论天旱人所状》，故退之《寄三学士》诗云："是年京师旱，田亩少所收。适会除御史，诚当得言秋。拜疏移阁门，为忠宁自谋？上陈人疾苦，无令绝其喉；下言畿甸内，根本理宜优。积雪验丰熟，幸宽待蚕莽。天子恻然感，司空叹绸缪。谓言即施设，乃反迁炎州。"以此验之，其不因宫市明矣。然退之所论，亦一时常事，而遽得罪者，盖疏中有云"此皆群臣之所未言，陛下之所未知"，故执政者恶之，遽遭贬也。既贬，未几有"八司马"之事。使退之不贬，与刘、柳辈俱陷党中，则终身废锢矣。或云：退之岂与柳、刘辈同乎？仆曰：退之前诗又云："同官尽才俊，偏善柳与刘。"使其不去，未必不落党中，然则阳山之贬，其天相哉？司空谓杜佑也，《宰相年表》十九年三月"佑检校司空"。

俗谚云："一绚丝能得几时络。"以谕小人之逐目前之乐也。然"绚"字当作"缟"。《太玄经》"务之次五"曰："蜘蛛之务，不如蚕一缟之利。""缟"音七侯反，与"绚"同音。今以《太玄》证之，故"绚"当作"缟"。

唐时前辈多自重，而后辈亦尊仰前辈而师事之，此风最淳厚。杜工部于《苏端薛复筵简薛华醉歌》首云："文章有神交有道，端复得之名誉早。"又云："座中薛华善醉歌，醉歌自作风格老。"且一篇之中，连呼三人之名，想见当时士人一经老杜品题，即有声价。故世愿得其品题，不以呼名为耻也。近世士大夫，老幼不复敦笃，虽前辈诗中亦不敢斥后进之名，而后进亦不复尊仰前辈，可胜叹哉！

　　陈待制邦光字应贤，初任差作试官，发解进士程文中犯圣祖讳，冲替。问之，云："因用《庄子》'饰小说以干县令。'而《疏》云：'县字，古悬字，多不著"心"。悬，高也，谓求高名令闻也。'"然仆以上下文考之："揭竿累以守鲵鲋，其于得大鱼亦难矣。饰小说以干县令，其于大达亦远矣。"盖"揭竿累"以譬"饰小说"也，"守鲵鲋"以譬"干县令"也。彼成玄英肤浅，不知《庄子》之时已有县令，故为是说。《史记·庄子列传》：庄子"与梁惠王、齐宣王同时"。《史记·年表》"秦孝公十二年"：并诸小乡聚为大县，县一令。是年乃梁惠王之二十一年也，且周尝往来于楚、魏之间，所谓监河侯，乃西河上一县令也，时但以"侯"称之耳。而《疏》乃以为魏文侯，不知与惠王之时相去远矣。且监河侯云"我得邑金"，是以知为县令也。若晋申公巫臣为邢大夫，而其子称邢侯之类是也。

　　唐人字画见于经幢碑刻文字者，其楷法往往多造精妙，非今人所能及。盖唐世以此取士，而吏部以此为选官之法，故世竞学之，遂至于妙。《唐·选举志》云："凡择人之法有四：一曰身体貌丰伟，二曰言言辞辩正，三曰书楷法遒美，四曰判文理优长。"或曰：此敝政也，岂可以字画取人乎！难之者曰："今之士人于此状貌奇伟，言辞辩博，判断公事既极优长，而更加以字画遒美，有欧、虞、褚、薛、颜、柳之法，士大夫能全此美者，亦自难得，况铨选之间乎？"闻之者皆服。

　　天圣中，邓州秋举，旧例主文到县，乡中长上率后进见主文。是年，主文乃唐州一职官，年老，须鬓皓然。既赞，见有轻薄后生前曰："举人所系甚大，愿先生无渴睡。"既引试，赋《桐始华》，以"姑洗之月，桐始华矣"依次用韵。满场阁笔不下，乃复至帘前启曰："前日无状后进辄以妄言仰渎先生，果蒙以难韵见困，愿易之。"主文曰："老人渴睡，不能卒易，可来日再见访。"诸生诺而退。是夜，主文遂遁去，申运司云："邓州满场曳白。"是年遂罢举。闻之于南阳老儒李亿。亿又云："昔时监司极少，又士人多自重，不肯妄求，故多老于选调。"

　　今印文榜额有"之"字者，盖其来久矣。太初元年夏五月正，历以正月为岁首，色尚黄，数用五。注云："汉用土数五，五谓印文也。若丞相，曰'丞相之印章'；诸卿及守相，印文不足五字者，以'之'字足之。"仆仕于陕洛之间，多见古印。于蒲氏见"廷尉之印章"，于司马氏见"军曲侯丞章"，此皆太初以后五字印也。后世不然，印文榜额有三字者足成四字，有五字者足成六字，但取其端正耳，非"之"字本意也。

五柳《与子俨等疏》云"汝等虽不同生"，又云"况共父之人"，则知五子非一母。或云：以五柳之清高，恐无庶出，但前后嫡母耳。仆以《责子》诗考之，正自不然。诗云："白发被两鬓，肌肤不复实。虽有五男儿，总不好纸笔。阿舒已二八，懒惰故无匹。阿宣行志学，而不爱文术。雍端年十三，不识六与七。通子垂九龄，但觅梨与栗。天运苟如此，且进杯中物。"且雍、端二子皆年十三，则其庶出可知也已。嘻！先生清德如此，而乃有如夫人，亦可一笑。醒轩云："安知雍、端非双生子？"

富郑公留守西京日，因府园牡丹盛开，召文潞公、司马端明、楚建中、刘几邵先生同会。是时，牡丹一栏凡数百本。坐客曰："此花有数乎？且请先生筮之。"既毕，曰："凡若干朵。"使人数之，如先生言。又问曰："此花几时开？尽请再筮之。"先生再三揲蓍，坐客固已疑之。先生沉吟良久，曰："此花命尽来日午时。"坐客皆不答，温公神色尤不佳，但仰视屋。郑公因曰："来日食后可会于此，以验先生之言。"坐客曰："诺。"次日食罢，花尚无恙。洎烹茶之际，忽然群马厩中逸出，与坐客马相蹄啮，奔出践花丛中。既定，花尽毁折矣。于是洛中逾伏先生之言。先生家有"传易堂"，著《皇极经世集》行于世。然先生自得之妙，世不可传矣。闻之于司马文季朴。

元城先生尝言：异哉，卢杞之为人也！不独愧见父祖，又且愧见其子也。卢氏，唐甲族也，而怀慎一派为盛。怀慎以清德相玄宗，号为名相。而生东都留台弈，弈骂禄山被害，在《忠义传》。弈生杞，相德宗，败乱天下，在《奸臣传》。杞生元辅，《元辅传》云："端静介正，能绍其祖。故历显剧任，而人不以杞之恶为累。"亦附《忠义传》。故曰：杞不独愧见其父祖，又且愧见其子也。元城先生刘待制安世字器之云。

"秋灰初吹季月管，日出卯南晖景短。友生招我佛寺行，正直万株红叶满。光华闪壁见神鬼，赫赫炎官张火伞。然云烧树大实骈，金乌下啄頳虬卵。魂翻眼倒忘处所,赤气冲融无间断。有如流传上古时,九轮照烛乾坤旱。"右韩退之《游青龙寺》诗。仆旧读此诗,以为此言乃谕画壁之状。后见《长安志》云:"青龙寺有柿万株。"此盖言柿熟之状,"火伞"、"頳虬卵"、"赤气冲融"、"九轮照烛",皆其似也。青龙寺在长安城中,白乐天《新昌新居》诗云:"丹凤楼当后,青龙寺在前。"以此可知。长安诸寺多柿。故郑虔知慈恩寺,有柿叶数屋,取之学书。仆仕于关陕,行村落间,常见柿连数里,欲作一诗,竟不能奇,每嗟"火伞"等语,诚为善谕。

东坡诗云:"剩欲去为汤饼客,却愁错写弄麞书。""弄麞",乃李林甫事。"汤饼",人皆以为明皇王后故事,非也。刘禹锡《赠进士张盥》诗云:"忆尔悬弧日,余为座上宾。举箸食汤饼,祝辞天麒麟。"东坡正用此诗,故谓之"汤饼客"也。必食汤饼者,则世所谓长命面者也。

古今之语大都相同,但其字各别耳。古所谓"阿堵"者,乃今所谓"兀底"也。王衍口不言钱,家人欲试之,以钱绕床,不能行。因曰:"去阿堵物!"谓口不言去却钱,但云去却兀底尔。如"传神写照,正在阿堵中",盖当时以手指眼,谓在兀底中尔。后人遂以钱为"阿堵物",眼为"阿堵中",皆非是。盖此两"堵",同一意也。然"去"有两音:一丘据反,乃去来之"去"。世常从此音,非也,当作口举反,《韵略》云:"撤也。"然此义亦非也。苏武掘鼠所去草实而食之,乃鼠所藏者也。盖衍之意,以谓此钱不当置于此,当屏藏之于他处也。

蔡忠怀确持正少年,尝梦为执政,仍有人告之曰:"俟汝父作状元时,汝为执政也。"持正觉而笑曰:"鬼物乃相戏乎! 吾父老矣,方致仕闲居,乃云作状元,何也?"后持正果作执政。一日,侍殿上听唱进士第,状元乃黄裳也。持正不觉失惊,且叹梦之可信也。持正父名黄裳,乃泉州人,清正恬退,以故老于铨曹。常为建阳令,及替,囊无建阳一物,至今父老能道之。最后以赞善大夫为镇安军节度推官。镇安,陈州也。官满,贫不能归,故忠怀遂为陈州人。此闻之于忠怀之孙撑子正。仆问子正:"为幕职而带赞善大夫,何也?"子正云:"此祖宗时官制,盖以久次而得之,自不可解。"

仆仕于关中,尝见一方寸古印,印文云:"关外侯印。"其字作古隶,气象颇类《受禅碑》。仆意必汉末时物也,然疑只闻有"关内侯",不闻有"关外侯"。后于《魏志》见之:建安二十三年始置名位侯十二级以赏军功,"关外侯"乃其一也。注云:"今之虚封,盖始于此。"

扬州检法寇中大庠,河朔人也。好为大言,以屈座人。一日,于客次中问坐客云:"《左传》'山木如市,弗加于山;鱼盐蜃蛤,弗加于海。'注云:'贾如在山海,不加贵',何也?"庠乃以此八字平分作两句,故座客卒然不能答,庠意气甚自得。时仆为江都丞,独后至,见诸人默然,庠复举前语问仆。笑曰:"此乃一句,何为分为两句也?"庠笑曰:"果然谩不得。"盖晏子之意,以谓陈氏施私恩以收人心,故低价以授与民,是以山木鱼盐之类,虽在齐国,如在山海之中,不加贵也。"贾"读如"价",非"商贾"之"贾"。

今之同席者皆谓之"客",非也。古席面谓之"客",列座谓之"旅";主谓之"献",客谓之"酬"。故"宋享晋楚之大夫,赵孟为客"注云:"客,一坐所尊也。""季氏饮大夫酒,臧纥为客。既献,臧孙命北面重席,新樽洁之。召悼子,降逆之。大夫皆起。及旅,而召公鉏"注云:"献酬礼毕而通行为旅。"然则古者主先献客,客复酬之,然后同席皆饮;不如今之时,不待献酬而同席皆饮也。

韩退之《上宰相书》云:"四举于礼部乃一得,三选于吏部卒无成;九品之位其可望,一亩之宫其可怀。"仆尝怪:贞元七年兵部侍郎陆贽知礼部贡举,退之是时及第。八年四月,贽拜相,而退之以宰相门生连三年试于吏部而不得,何也?十年十二月,贽罢为太子宾客。十一年,退之于正月、二月、三月连三上书于贾耽辈,不亦疏乎?只取辱耳。后世之士可以为戒。

本朝取士之路多矣,得人之盛,无如进士,盖有一榜有宰相数人者,古无有也。太平五年,苏易简下李沆、向敏中、寇准、王旦咸;十五年,王曾下王随、章得象;淳化三年,孙何下丁谓、王钦若、张士逊;庆历三年,杨寘下王珪、韩绛、王安石、吕公著、韩缜、苏颂;元丰八年,焦蹈下白时中、郑居中、刘正夫;其余名臣,不可胜数。此进士得人之明效大验也。或曰:不然。以本朝崇尚进士,故天下英才皆入此科。若云非此科不得人,则失之矣。唐开元以前,未尝尚进士科,故天下名士杂出他途。开元以后始尊崇之，故当时名士中此科者十常七八。以此卜之，可以见矣。

佛果禅师川勤，极善谈禅，缅缅可听。尝云："阎浮提雨清净水，具诸天相。方时大旱，雨时忽降，莫知其价，此兜率天上雨摩尼也。方欲收禾，霖雨不止，实害人命，此阿修罗中雨兵仗也。甘雨得时，人皆饱足，此护世城中雨美膳也。但名不同，其实一也。"坐客云："经中所言，皆譬喻也，岂有雨宝珠等事乎？"仆曰："不然。雨金、雨血、雨土，皆班班载于前史，何况六合外事，其有无不可悬料也。"坐客咸以为然。其上因缘出《华严经》第十五卷。

二十八宿，今《韵略》所呼与世俗所呼往往不同。《韵略》"宿"音绣，"亢"音刚，"氐"言低，"觜"音訾，皆非也。何以言之？二十八宿，谓之二十八舍，又谓之二十八次。次也，舍也，皆有止宿之意。今乃音绣，此何理也？《尔雅》云："寿星，角亢也。"注云："数起角亢，列宿之长。"故有高亢之义，今乃音刚，非也，《尔雅》："天根，氐也。"注云："角亢下系于氐，若木之有根。"其义如《周礼》"四圭有邸"、《汉书》"诸侯上邸"之"邸"，音低误矣。西方白虎，而参觜为虎首，故有觜之义，音訾误矣。彼《韵略》不知，但欲异于俗，不知害于义也。学者当如其字呼之。

国初号令，犹有汉唐之遗风。大中祥符元年正月三日，天书降，大赦改元，东都赐酺五日，天下赐酺三日。此盖汉遗事也。汉律：三人以上无故饮酒，罚金四两。故汉以赐酺为惠泽，令得群饮酒也。酺，音"蒲"，注曰："王德布于天下，而令聚饮食为酺。"或问："赐酺起于汉乎？"仆对曰："《赵世家》载：武灵王行赏大赦，置酒酺五日。则自战国时已如此矣。"祥符诏书圣祖殿有石刻。

吾祖仆射忠肃公亮知荆南府日，常苦嗣续寡少。因闻玉泉山顶有道人卓庵其上，号白骨观。道人年八十矣，宴坐庵中，常想自身表里洞达，惟见白骨，自观它人亦复如是，如此五十年矣。忠肃因使人问讯，亦不答；赠遗，亦不受。频频如此，亦略受。公继而入山访之，道人亦喜，因请出山，暂至府第，延之正寝安下，经月乃归。一日，忠肃梦道人策杖径入正寝，方惊愕间，梦觉。且叹讶之，急使人往问讯，曰："昨夕已迁化矣。"既毗荼，骨有舍利。后遂生给事子山，仲用。两岁已能趺坐，方学语时，但言见人皆是白骨。后至七岁，已往渐不见。噫！其性移矣。给事学佛有见处，古君子也。仆以此语长芦了老，了老云："吾门谓之空门，今作白骨观，已自堕落，况有人诱引之乎！"仆以此言为然。

俗说以人嚏喷为人说，此盖古语也。《终风》之诗曰："寤言不寐，愿言则嚏。"笺云："言我愿思也。嚏，读当为不敢嚏咳之嚏。我其忧悼而不能寐，女思我心如是，我则嚏也。今俗人嚏云人道我，此古之遗语也。"《汉·艺文志》杂占十八家三百一十卷内"《嚏耳鸣杂占》十六卷"，注云："嚏，丁计反。"然则嚏、耳鸣皆有吉凶，今则此术亡矣。

山涛见王衍曰："何物老妪，生宁馨儿？""宁"作去声，"馨"音亨，今南人尚言之，犹言"恁地"也。宋前废帝悖逆，太后怒语侍者曰："将刀来剖我腹，那得生宁馨儿！"此两"宁馨"同为一意。

仆仕于关中，于士人王毖君求家见一古物，似玉，长短广狭正如中指；上有四字，非篆非隶，上二字乃"正月"字也，下二字不可认。问之君求，云："前汉刚卯字也。"汉人以正月卯日作佩之，铭其一面曰"正月刚卯"，乃知今人立春或戴春胜、春幡，亦古制也。盖刚者，强也；卯者，刘也；正月佩之，尊国姓也，与陈汤所谓强汉者同义。

《兰亭序》在南朝文章中少其伦比。或曰：丝即是弦，竹即是管，今叠四字，故遗之。然此四字乃出《张禹传》云："身居大第，后堂理丝竹管弦。"始知右军之言有所本也。且《文选》中在《兰亭》下者多矣，此盖昭明之误耳。

蔡忠怀確持正，其父本泉州人，晚年为陈州幕官，遂不复归。持正年二十许岁时，家苦贫，衣服稍敝。一日，与郡士人张湜师是同行。张亦贫儒也。俄有道人至，注视持正久之，因谩问曰："先生能相乎？"曰："然。"又问曰："何如？"曰："先辈状貌极似李德裕。"持正以为戏己，因戏问曰："为相乎？"曰："然。""南迁乎？"曰："然。"复相师是，曰"当为卿监。家五十口时"，指持正云："公当死矣。"道人既去，二人大笑，曰："狂哉，道人！以吾二人贫儒，故相戏耳。"后持正谪新州，凡五年。一日，得师是书云"以为司农无补，然阖门五十口居京师，食贫。

近蒙恩守汝州”,持正读至此,忽忆道人之言,遂不复读。数日,得疾而卒。闻之于忠怀之孙撙子正。

有客问仆曰:“古今太守一也,而汉时太守赫赫如此,何也?”仆曰:“汉郡极大,又属吏皆所自除,故其势炎炎,非后世比。只此会稽郡考之:县二十六,吴即苏州也;乌伤即婺州也;毗陵即常州也;山阴即越州也;由拳注云‘古之檇李’,即秀州也;大末,衢州也;乌程,湖州也;余杭,杭州也;鄞,明州也。以此考之,即今浙东西之地,乃汉一郡尔,宜乎朱买臣等为之,气焰赫赫如此也。”

《前汉》凡三处载召平:《萧何传》,召平即东陵侯也;《项羽传》,召平即广陵人也;《齐悼惠王传》,齐相召平,不知何许人,为魏勃所绐至自杀,乃曰:“嗟乎!道家之言:当断不断,反受其乱。”仆顷在海州,常与任景初、陈子直论之。景初曰:“此必非东陵侯。且淮阴侯在萧何术中,而东陵常为何画策,其术高矣,必不为勃所绐。”子直曰:“不然。夫为人画策则工,若自为计多拙,故曰:旁观者审,当局者迷。”二人争论不已。仆从旁解之曰:“谓之非东陵侯,既无所据;必为东陵侯,恐受屈。”子直曰:“独广陵召平不在论中,何也?”仆因大笑,曰:“仆广陵人也,上不敢望东陵,下不肯为齐相。况仆平生处己常在于才与不才之间,宜乎不在论中也。”子直由此号余为“广陵召平”。

仆自南渡以来,始信前人言之可信也。盖胡人长于骑射,其所以取胜,独以马耳。故一胡人有两马,此古法也。《北征》诗云:“阴风西北来,惨澹随回鹘。其王愿助顺,其俗喜驰突。送兵五千人,驱马一万匹。”是知一胡人两马也。中国若不修马政,岂能胜之?盖用兵之法,弓、马必有副。《诗》云“交韔二弓”,备毁折也,与两马同意。

元城先生与仆论唐十一族事。先生曰:“甘露之事,盖亦疏矣。考其时乃大和九年十一月二十一日也,是时,李训谋以甘露降于禁中,诏百官入贺,因此欲杀宦官耳。十一月末岂甘露降之时耶?其谋之疏,想见大抵色色如此。吾意宦官知此谋久矣,故不可得而杀。且天下之事,有大于死者乎?凡可以救死者,无不为也。若当时只贬黜之,其祸未必至此;今乃以死逼人,而疏略如此,宜其败也。《易》曰:‘君不密则失臣,臣不密则失身,几事不密则害成。’圣人之言,信矣。”

卷第四

　　章圣皇帝东封，礼成，幸曲阜县，谒先圣庙，时丁晋公扈从。前一日，与同辈两三人先驰至庙，省视馔具，因入后殿，乃孔子妃也。问其孔氏之族，孔氏之妃何姓，延祐、延渥同对曰："孔子年十九娶于宋之并官氏女，而生伯鱼；伯鱼年五十而卒，时孔子七十矣。"次日，上至妃殿，亦问其姓。众人未及对，晋公以延祐之言对。上曰："出何典据？"晋公错愕不及答。延祐徐前曰："出《孔子家语》。"时扈从者皆以此事为耻。闻之于舒州下塞老儒俞汝平。

　　"清时有味是无能，闲爱孤云静爱僧。欲把一麾江海去，乐游原上望昭陵。"右杜牧之自尚书郎出为郡守之作，其意深矣。盖乐游原者，汉宣帝之寝庙在焉，昭陵即唐太宗之陵也。牧之之意，盖自伤不遇宣帝、太宗之时，而远为郡守也。藉使意不出此，以景趣为意，亦自不凡，况感寓之深乎！此其所以不可及也。

　　元城先生与仆论《礼记·内则》"鸡鸣而起，适父母之所"，仆曰："不亦太早乎？"先生正色曰："不然。礼事父与君，一等一体。父召无诺，君命召无诺；父前子名，君前臣名。今朝谒者必以鸡鸣而起，适君之所，而人不以为劳，盖以刑驱其后也。今世俗薄恶，故事父母之礼得已而已尔。若士人畏犯义如犯刑，则今人可为古人矣。"仆闻其言，至今愧之。

　　余中行老、朱服行中、邵刚刚中、叶唐懿中美、何执中伯通、王汉之彦昭，彦昭常于期集处自叹曰："某独不幸，名字无中字，故为第六。"行老应之曰："只为圣不中。"时以为名答。

　　阳翟涧上丈人陈恬叔易，一日忽改名钦命。或者疑之，曰："岂非钦若王之休命，而有仕宦之意乎？"叔易曰："不然。吾正以时人不畏天，故欲钦崇天道，永保天命。"

　　建中间，京西都运宋乔年以遗逸举授文林郎。李方叔以诗嘲之曰："文林换却山林兴，谁道山人索价高。"晁以道嘲之曰："处士何人为作牙,尽携猿鹤到京华。今朝老子成长笑,六六峰前只一家。"闻之于王元道敦古。

淳化二年,均州武当山道士邓若拙善出神。尝至一处,见二仙官议曰:"来春进士榜有宰相三人,而一人极低,如何?"一人曰:"高下不可易也,不若以第二甲为第一甲。"道士既觉,与其徒言之。明年唱名,上意适有宫中之喜,因谓近臣曰:"第一甲多放几人,言止即止。"遂唱第一甲,上意亦忽忽忘之,至三百人方悟。是年孙何榜三百五十三人,而第一甲三百二人,第二甲五十一人,丁谓第四人,王钦若第十一人,张士逊第二百六十人。后士逊三人入相。致仕归乡,游武当山,若拙弟子常为公言之。仆为邓州淅川令日,闻之于郧乡士人刘可道。

仆尝问元城先生:"先儒注《太玄经》,每首之下必列二十八宿,何也?"先生曰:"周天二十八宿,三百六十五度四分度之一。而《太玄经》凡七百二十九赞,乃此数也。"仆曰:"七百二十九赞外而为二,合三百六十四度有半而不相应,何也?"先生曰:"扬氏之意,以谓其半不可合也,故有踦赞、嬴赞,以应周天之数。汉之正统,以象岁也;莽之僭窃,乃闰位也。故先儒于踦赞、嬴赞之下,注'以为水火之闰',而《王莽传·赞》所称'余分闰位'者,盖谓是也。"噫!子云之数深矣。

《同年小录》载小名小字,或问:"有故事乎?"或曰:"始于司马犬子。"仆曰:"不然,《离骚经》曰:'皇览揆予于初度兮,肇锡予以嘉名。名予曰正则兮,字予曰灵均。'且屈原字平,而正则、灵均,则其小字、小名也。所谓'皇'者,三闾称其父也,而后人遂以皇览为进御之书,误矣。"

《唐·外戚传》云:"外家之成败,视主德之何如耳。"至哉,此言也!明皇之宠太真,极矣!故有马嵬之事。故《老子》云:"甚爱必大费。"《孟子》云:"不仁者,以其所不爱及其所爱。"惟老杜于此事殊为得体,诗云:"不闻商周衰,中自诛褒妲。"谓若此事自出于明皇之意,与夫"君王掩面救不得"相去远矣。

仆友司马文季朴极知星,尝云:"《前汉·天文志》:牵牛为牺牲,其北河鼓,大星,上将;左右星,左右将。此说非也。且何鼓乃牵牛也，今分为二，则失之矣。《尔雅》云：'何鼓谓之牵牛。'注云：'今荆楚人呼牵牛星为檐鼓。檐者，荷也。'盖此星状如鼓，左右两星若担鼓之状，故谓之何鼓。何者，如'何天之休'之'何'，人但见何鼓在天汉之间，故易谓河，非也。"

仆为夏县令，寄居司马文季朴家。出藏先圣画像示仆，传云王摩诘笔也。仆因令善工摹本，眼中神彩殊不相类，使人意不满。画像上长下短，其背微偻，以传考之，想当然尔。《庄子》载：老莱弟子出薪，遇仲尼，反以告曰："有人于彼，修上而趋下，末偻而后耳，视若营四海。"注云："长上而促下，耳却近后而上偻。末偻，谓背微曲也。"然此皆可画。若夫"视若营四海"，乃圣人忧天下之容，非摩诘不能作。

关中名医骆耕耕道曰：庄子之言，有与孙真人医方相合者。五苓散，五味而以木猪苓为主，故曰五苓。庄子之言曰："药也，其实堇也，桔梗也，鸡雍也，豕零也，是时为帝者也。"郭注云："当其所须则无贱，非其时则无贵。"故此数种，若当其时而用之则为主，故曰是时为帝者也。疏曰："药无贵贱，愈病则良。"斯得之矣。故药有一君、二臣、三佐、四使。且如治风，则以堇为君，堇，乌头也。去水则豕零为君，豕零，水猪零也。他皆类此。彼俗医乃以《本草》所录上品药为君，中品药为臣，下品药为佐使，可一笑也。

"祸福茫茫不可期，大都早退似先知。当君白首同归日，是我青山独往时。""顾索素琴应不暇，忆牵黄犬定难追。麒麟作脯龙为醢，何似泥中曳尾龟。"右白乐天《游玉泉寺》诗。李训、郑注初用事，公知其必败，辄自刑部侍郎乞分司而归。时宰相王涯好琴，舒元舆好猎，故及之，而"曳尾龟"所以自喻也。龙醢事见《左氏》，麟脯事见《列仙传》。

《晋史》乃唐时文士所为，但托之御撰耳。《天文志》云："天聪明自我民聪明。"以"民"为"人"，且太宗不应自避其名。又"洛书乾曜度"。以"乾"为"甄"，则太宗又不应为太子承乾避名也。以此足见乃当时臣下所为尔。臣下之文驾其名于人主，已为失矣；而人主傲然受之而不辞，两胥失矣。

仆之故友柴慎微尝云：开元元年，宰相七人，五人出太平公主门下，谓岑羲、窦怀真、萧至忠、崔湜、陆象先也；二人明皇自用，谓张说、郭元振也。且象先，贤者也，何以预五人之列？按《象先传》：太平公主欲相崔湜，湜力荐象先于主，故遂相之。噫！象先何为交结崔湜也。开元元年七月，太平公主既败，而宰相出门下者如岑羲等四人皆被诛，独象先免。使其不幸，与四人者皆死，岂不痛哉！然则士大夫之所处，宜以此为戒。

老杜《遣闷》诗云："家家养乌鬼，顿顿食黄鱼。"所说不同。《笔谈》以为鸬鹚，能捕黄鱼，非也。黄鱼极大，至数百斤，小者亦数十斤，故杜诗云："日见巴东峡，黄鱼出浪新。脂膏兼饲犬，长大不容身。"又有《白小》诗云："白小群分命，天然二寸鱼。细微占水族，风俗当园蔬。"盖言鱼大小之不同也。仆亲见一峡中士人夏侯节立夫言："乌鬼，猪也。峡中人家多事鬼，家养一猪，非祭鬼不用，故于猪群中特呼'乌鬼'以别之。"此言良是。仆又见浙人呼海错为"鰕菜"，每食不可阙，始悟"风俗当园蔬"之意。

始元五年春正月，夏阳男子张延年诣北阙，自称卫太子。然《隽不疑传》云"本夏阳人，姓成名方遂"，且"廷尉逮召乡里识之者张宗禄等"，则人识之者多矣，不应如此差舛。然若以纪传不相照，误立两姓名，则《不疑传》末又云"一姓张名延年"，则是当时廷尉验问之时，一人已有两姓名矣，则是非未可定也，故史家于此微见其意。初，不疑缚送诏狱之时，已自云："卫太子得罪先帝，亡不即死，今来自诣，此罪人也。"天子与大将军闻而嘉之。史著此语，亦欲后人推原其意耳。

汉时送葬之礼极厚。武帝之葬，昭帝幼弱，霍光不学，取金钱、财物、鸟、兽、鱼、鳖、牛、马、虎、豹、生禽凡百九十物，尽瘗藏之，又以后宫守园陵，于是园妾自此始矣。后世因之，遂不复变。白乐天有《园陵妾》诗，读者伤之。

今之阙角谓之"觚棱"，盖取其有四棱也。仆友柴慎微云："觚，酒器也，可容二升，腹与足皆有四棱。汉宫阙取其制以为角隅，安兽处也，故曰'上觚棱而栖金爵'。爵、觚，皆酒器名，其腹之四棱，削之可以为圆，故《汉书》曰'破觚为圜'。"

南方朱鸟。盖未为鹑首，午为鹑火，巳为鹑尾。天道左旋，二十八宿右转,而朱鸟之首在西,故先曰未,次曰午,卒曰巳也。然南方七宿之中,四宿为朱鸟之象。《汉·天文志》:柳为鸟咮,星为鸟颈,张为鸟嗉,翼为鸟翼。或问:"朱鸟而独取于鹑,何也?"仆对曰:"朱鸟之象,止于翼宿,而不言尾,有似于鹑,故以名之。"然谓之鹑尾者,尝问元城先生,先生曰:"盖以翼为尾云故。《甘氏星经》云:'鸟之斗,竦其尾;鹑之斗,竦其翼。'以此知之。"

柴慎微言:"《春秋》载二百四十二年之事,其为简册无几耳,故多从省文。后世妄行穿凿,故其说不胜繁芜。且如成十四年,'秋,叔孙侨如如齐逆女'。'九月,侨如以夫人妇姜氏至自齐'。《左氏》曰:'称族,尊君命也。''舍族,尊夫人也。'殊不知乃经之省文也,经中若此书者多矣。《左传》:宣十八年'公孙归父如晋','归父还自晋,至笙,遂奔齐',昭十三年'晋人执季孙意如以归',十四年'意如至自晋',二十三年'晋人执我行人叔孙婼',二十四年'婼至自晋',皆省文也。譬之水性本清,尘泥汩之,则浊也;若复去之,则水性明矣。今读《春秋》者,但不为诸家所汩,则圣人之意见矣。"

古人重谱系,故虽世胄绵远,可以考究。渊明《命子》诗云:"天集有汉,眷余愍侯。于赫愍侯,运当攀龙。抚剑凤迈,显兹武功。参誓山河,启土开封。"今按:《汉书·高帝功臣表》:开封愍侯陶舍以右司马从汉破代,封侯。昔高帝与功臣盟云:"使黄河如带,泰山若砺,国以永存,爰及苗裔。"所谓参誓山河,谓此盟也。高帝功臣百有二十人,舍其一也。又云:"亹亹丞相,允迪前踪。浑浑长源,蔚郁洪柯。群川载导,众条载罗。时有语默,运因隆寙。"此盖谓陶青也。今按:《汉·高帝功臣表》:开封愍侯陶舍,封十一年薨;十二年夷侯青嗣,四十八年薨。《汉·百官表》:孝景二年"六月,丞相嘉薨。八月丁未,御史大夫陶青为丞相"。七年"六月乙巳,丞相青免。太尉周亚夫为丞相"。所谓"群川众条",以喻枝派之分散也;"语默隆寙",以言自陶青后未有显者也。渊明乃长沙公之曾孙,然《侃传》不载世家,独以此见之。后世累经乱离,谱籍散亡。然又士大夫因循灭裂不如古人,所以家谱不传于世,惜哉!

亳州祁家极收本朝前辈书帖。仆尝见其家所收孙宣公夷书尺有云:"行李鼎来。"盖古之"行李",乃今之"行使"也。鲁僖公之三十年,烛之武见秦伯曰:"若舍郑以为东道主,行李之往来,共其困乏。"注云:"行李,使人也。"鲁襄公之八年,郑及楚平晋,责曰:"君有楚命,亦不使一个行李告于寡君。"注云:"一个,独使也。行李,行人也。"然古之"李"字从"山"下"人"、"人"下"子",作"峚",后人乃转作"李"也。"一个行李"谓"一个行使",今人以"行李"为随行之物,失之远矣。

司马温公祖茔在陕府夏县之西二十四里,城名"鸣条",山有坟,寺曰"余庆",山下即温公之祖居也。仆为夏县令日,屡至其处。又十里许有涑水,故温公号"涑水先生"。鸣条山即汤与桀战之地;去解州安邑县五十里,乃桀之都也。吕相《绝秦书》曰:"伐我涑川,得我王官。"以此见秦、晋两国境上二邑也。涑川即涑水也。王官属今河中府虞乡县,唐末司空表圣隐于王官谷,有天柱峰、休休亭,乃一绝境也。

韩退之三上宰相书,但著月日而无年。今按:李汉云:"公生于大历戊申。"而退之书云:"今有人生二十有八年矣。"大历三年戊申至贞元十一年乙亥,退之时年二十八。以《宰相年表》考之,是年宰相乃贾耽、卢迈、赵憬也,但不知退之所上为何人耳?且以前乡贡进士上书而文格大与当时不同,非贤相不能举也,岂耽辈所能识哉?

今之士人简尺中,或以"薢茩"字易"邂逅"字,非也。《离骚经》云"制芰荷以为衣兮",王逸注云:"芰,蔆也。秦人曰:'薢茩。'薢音皆,茩音苟。"仆仕于关、陕之间,不闻此呼,正恐王逸别有义尔。后又读《尔雅》"薢茩芵光",注云:"芵,明也。或曰蔆也,关西谓之薢茩。"以仆所见,芵光者,即今之草决明也。其叶初出,可以为茹;其子可以治目疾。盖谓可以解去垢秽,或恐以此得名。又《尔雅》云:"蔆,蕨攗。"注云:"蔆也,今水中芰。"然则蔆自有正名,不谓之薢茩明矣。或曰:然则王逸、郭璞皆误乎?仆曰:"古者信以传信,疑以传疑。郭璞多引用《离骚》注,故承王逸之疑。而多出此注,所以广异闻也,学者幸再考之。"

"夜梦神官与我言,罗缕道妙角与根。挈携陬维口澜翻,百二十刻须臾间。"右退之《记梦》诗,殊为难解。仆尝考之,此乃言二十八宿之分野也。《尔雅》曰:"寿星,角亢也。"注云:"数起角亢,列宿之长。"又曰:"天根,氐也。"注云:"下系于氐,若木之有根。""娵訾之口,营室东辟也。"注云:"营室东壁,星四方似口,故以名之。"所谓"百二十刻"者,盖浑天仪之法,二十八宿,从右逆行,经十二辰之舍次,每辰十二刻,故云百二十刻。所谓"壮非少者哦七言,六字常语一字难"者,只上所谓哦字也,退之欲神其事,故隐其语。

元城先生与仆论十五国风次序,仆曰:"《王·黍离》在《邶》、《鄘》、《卫》之后,且天子何在诸侯后乎?"先生曰:"非诸侯也,盖存二代之后也。周既灭商,分其畿内为三国,即邶、鄘、卫是也。自纣城以北谓之邶,南谓之鄘,东谓之卫。故邶以封纣子武庚也;鄘,管叔尸之;卫,蔡叔尸之,以监商民,谓之三监。武王崩,三监畔,周公诛之,尽以其地封康叔,故《邶诗》十九篇,《鄘诗》十篇,《卫诗》十篇,共三十九篇,皆卫诗也。序诗者以其地本商之畿内,故在于《王·黍离》上,且列为三国,而独不谓之卫,其意深矣。"以毛、郑不出此意,故备载之。

鄱阳湖水连南康军江一带,至冬深水落,鱼尽入深潭中。土人集船二百艘,以竹竿搅潭中,以金鼓振动之,候鱼惊出,即入大网中,多不能脱。惟大赤鲤鱼最能跃,出至高丈余后,入他网中,则不能复跃矣,盖不能三跃也。故禹门化龙者大赤鲤鱼,他鱼不能也。杜子美《观打鱼歌》云:"绵州江水之东津,鲂鱼鲅鲅色胜银。鱼人漾舟沉大网,截江一拥数百鳞。众鱼常才尽却去,赤鲤腾出如有神。"仆亲见捕鱼,故知此诗之工。

亳州士人祁家多收本朝前辈书帖,内有李西台所书小词,中"罗敷"作"罗紷"。初亦疑之,后读《汉书》,昌邑王贺妻十六人,生十一人男、十一人女。其妻中一人严罗紷,紷音敷,乃执金吾严延年长孙之女。罗紷生女曰持辔,乃十一中一人也。盖采桑女之名偶同尔。

自古中国与夷狄战多用弩。晁错上疏曰:"劲弩长戟,射疏及远,则匈奴之弓弗能格也;游弩往来,什伍俱前,则匈奴之兵弗能当也。"平城之歌曰:"不能控弩。"李陵以连弩射单于,马隆用弩阵取凉州,盖中国各用所长。夫骑射,夷狄所长也;弩车,中国所长也。盖车能作阵而骑不可突，弩能远而入深，可以胜弓，且得其矢，而夷狄不可用。近世独不用弩，当讲求之。

《孝经序》云："鲁史《春秋》，学开五传。"韩退之云："《春秋》五传束高阁。"然今独有三家。今按：《前汉·艺文志序》云：《春秋》分为五注，云左氏、公羊氏、穀梁氏、邹氏、夹氏，而邹氏、夹氏有录无书，乃知二氏特有名尔。然《王阳传》称能为驺氏《春秋》，何也？岂非至后汉之初，此书亦亡乎？故曰有录无书。前汉"邹"、"驺"同音通用。

《韩退之列传》云："从愈游者，若孟郊、张籍，亦皆自名于时。"以仆观之，郊、籍非辈行也。东野乃退之朋友，张籍乃退之为汴宋观察推官日所解进士也，而李翱、皇甫湜则从退之学问者也。故诗云："东野窥禹穴，李翱观涛江。"又云："东野动惊俗，天葩吐奇芬。张籍学古淡，轩鹤避鸡群。"故于东野则称字，而于群弟子则称名，若孔子称蘧伯玉、子产、回也、由也之类。而《唐史》乃使东野与群弟子同附于退之传之后，而世人不知，遂皆称为韩门弟子，误矣。

老杜《赠李潮八分歌》云："秦有李斯汉蔡邕，中间作者寂不闻。峄山之碑野火焚，枣木传刻肥失真。苦县光和尚骨立，书贵瘦硬方通神。""峄山之碑"至于"苦县光和"人多未详，王内翰亦不解。谨按：老子，苦县人也，今为亳州卫真县。县有明道宫，宫中有汉光和年中所立碑，蔡邕所书。仆大观中为永城主簿日，缘檄到县，得见之。字画劲拔，真奇笔也。且杜工部时已非峄山真笔，况于今乎？然今所传摹本亦自奇绝，想见真刻奇伟哉。

涑水先生一私印曰"程伯休甫之后"，盖出于《司马迁传》，曰："重黎世序天地。其在周，程伯休父其后也。当宣王时，官失其守，而为司马氏。"故涑水引用之耳。伯休甫者，其字也。古字一字多矣，如爱丝、房乔、颜籀之类，三字无之。独本朝有刘伯贡父、刘中原父。或云二人本字贡甫、原甫，以犯高鲁王讳，故去"甫"而加"伯""中"，时人因并三字呼之。此说非也。六一先生作《原甫墓志》云："公讳敞，字仲原父，姓刘氏。""熙宁元年四月八日卒。"以此可知，彼但见钱穆甫以避讳，人或呼为钱穆，或呼为穆四，遂并二刘而失之误矣。

《曹成王碑》句法严古，不可猝解，今取其尤者笺之。"大选江州，群能著_{直略反}。职。王亲教之,抟_{徒官反}。力勾卒。赢越之法,曹诛五界_{必利反}"。今释于此:著职者,各安守其职也。抟力者,结集其力也。勾卒者,伍相勾连也。赢越之法,"赢"当为"嬴",谓秦商君、越勾践教兵之法。曹诛五界者,曹,朋曹也;若有罪,则凡与之为朋曹者咸诛之。伍,什伍也,凡有所获,则分而界其什伍之兵也。盖利害相及,则战不敢溃,而居不敢盗,此乃勾卒赢越之法。或曰:嬴,谓衰嬴也;越,谓超越也;凡战,罚其衰嬴,赏其超越也。然无勾卒之义,当从前说。

"日临公馆静,画满地图雄。剑阁星桥北,松州雪岭东。华夷山不断,吴蜀水相通。兴与烟霞会,清樽幸不空。"右杜工部《严武厅咏蜀道画图》。是时,武跋扈,微有割据之意,故甫于诗讽之。云"山不断"、"水相通",以言蜀道不可割据也。幕下有益于东道者,有如此也。

鲁臧武仲名纥。孔子之父,鄹人。纥,乃叔梁纥也。皆音恨发反,而世人多呼为核。有一小说:唐萧颖士轻薄,有同人误呼武仲名,因曰:"汝纥字也不识。"或以为瞎字也,不识误矣。

亳州永城县之七十里有芒砀山,山有岩曰紫气,此盖高帝避难所也;复有梁孝王墓。仆尝与宿州知录邵渡同游,入隧道中百余步,至皇堂。如五间七架屋许大,周回有石阁子十许,上镌作内臣宫女状。中又大石柱四,所以悬棺□□复不见矣。入时必用油圈以为烛。其中盛夏极凉,如暮秋。时山下有居民数百家,今谓之保安镇,盖当时守冢之遗种也。土人呼墓为梁王避暑宫,故老云:"前数十年,时有人入其中,尝得黄金而出,今不复有矣。"《孝王传》云:未死"财以巨万计,不可胜数。及死,府藏余黄金尚四十余万斤,他财物称是"。想见当时送葬之物厚矣。魏武帝置发冢中郎、摸金校尉,如此冢盖无不发者。然古人作事奇伟可惊,非后世比也。

卷第五

绍兴三年夏六月，明州阿育王山住持净昙，以宸奎阁所藏仁宗御书诣行在。所献书凡五十三轴，字体有三：一曰真书，二曰飞白，三曰梵书。且上二书世多见之，而梵书亦自奇古可骇愕也。又有团绢扇三柄，皆有御书。一长柄者三尺许，恐是打扇，用白藤缚柄。而三扇皆以青笺纸为上下承荅，制度极草草，今中产之民所耻也。大哉，仁宗之盛德也！

《唐史》载：郑虔集当世事著书八十余篇，目其书为《荟蕞》。老杜《哀故著作郎贬台州司户荥阳郑公虔》诗云："荟蕞何技痒。"今按，《韵略》：荟，乌外切，草多貌，如"荟兮蔚兮"之"荟"。蕞，徂外切，小也，如"蕞尔国"之"蕞"。虔自谓其书虽多，而皆碎小之事也。后人乃误呼为"荟粹"，意谓会取其纯粹也，失之远矣。盖名士目所著书多自贬，若《鸡肋》、《脞说》之类，皆是意也。"技痒"者，谓人有技艺不能自忍，如人之痒也，老杜以谓虔私撰国史，亦不能自忍尔。"蕞"一音在外切，小也，两音意。

楚子问齐师之言曰："君处北海，寡人处南海，唯是风马牛不相及也。不虞君之涉吾地也，何故？"注云："马牛之风佚，盖末界之微事，故以取谕。"然注意未甚明白。仆后以此事问元城先生，曰："此极易解，乃丑诋之辞尔。齐、楚相去南北如此之远，虽马牛之病风者，犹不相及。今汝人也，而辄入吾地，何也？"仆始悟其说，即《书》所谓"马牛其风"，注云"马牛其有风佚"，此两"风"字同为一意。

仆读《史记》，因叹曰："天道远矣。吁，可畏也！"秦昭王四十八年，始皇生于邯郸，年十三即位，是岁甲寅。然是年丰沛已生汉高皇帝矣。后十五年己巳，项羽生；三十七年，始皇南巡会稽，时年已二十三矣。其年七月，始皇崩。二世元年九月，沛公起沛，时年三十九；项羽起会稽，时年二十四。汉元年，高帝至灞上，时年四十二。十二月，羽继至，遂杀子婴而灭秦。高帝在位十二年，五十三而崩，时岁在丙午。噫！消长倚伏，其运密矣。

政和中，仆仕关中，于同官蒲氏家，乃宗孟之后，见汉印文云"辑濯丞印"。印文奇古，非隶非篆，在汉印中最佳。辑濯，乃水衡属官。"辑"读如"楫"，"濯"读如"櫂"，盖船官也，水衡掌上林。上林有船官，而辑濯有令丞，此盖丞印也。然皆太初元年已前所刻，太初已后皆五字故也。

元城先生尝与仆论魏丞相不能救盖宽饶之死，今追录之。神爵二年九月，司隶校尉盖宽饶有罪下有司，自杀。三年三月丙午，丞相相薨。识者以谓有天道焉，且相尝谓"次公醒而狂"，且以字呼之，是必平日朋友也。平日以狂待之，则宣帝之怒，相必无一言以救之。宣帝初下其书中二千石议也，执金吾议以为大逆不道。然则中二千石共议以为大逆不道，独执金吾一人耳。《百官表》神爵二年，南阳太守贤为执金吾，不知贤者何人也，必丑邪恶正，常为盖司隶所劾者也。贤不足道也，独相号为贤相，又与宽饶彼此皆儒者，平日交友，独不能为地，相何责哉！

《礼记》载：曾子数子夏之罪云："吾昔与汝从夫子于洙泗之间，退而老于西河之上，使西河之人疑汝于夫子，汝罪一也。"注云："言其不称师也。"盖古之君子言必称师，示有所授，且不忘本也。故《子张》一篇载群弟子之语，子夏之言十，而未尝称师；曾子之言五，而三称曰"吾闻诸夫子"，则子夏为曾子所罪，固其宜矣。《礼记》"乐正子春曰：吾闻诸曾子，曾子闻诸夫子曰"，盖曾子称师，故子春亦称师也。又知古人注解各有所本，不若后人妄意穿凿也。

渊明之为县令，盖为酒尔。非为酒也，聊欲弦歌，以为三径之资。盖欲得公田之利，以为三径闲居之资用尔，非谓旋创田园也。旧本云：公田之利过足为润，后人以其好酒，遂有公田种秫之说。且仲秋至冬，在官八十余日，此非种秫时也。故凡本传所载与《归去来辞序》不同者，当以序为正。

高邮老儒黄移忠彦和，仆幼稚尝师之。尝谓：孟子去齐，三宿而出昼，"昼"读如昼夜之"昼"，非也。《史记·田单传》后载"燕初入齐，闻昼邑人王蠋贤"，刘熙注云："齐西南近邑。音获。"故孟子三宿而出，时人以为濡滞。

今之书尺称人之德美，继之曰"不佞"，某意谓不敢谄佞，非也。《左氏·昭公二十年》载奋扬之言曰"臣不佞"，注云："佞，才也。"汉文帝曰："寡人不佞。"注云："才也。"《论语》云："不有祝鲍之佞。"注亦云"才也"。古人"佞"能通用，故佞训"才"。《左氏》载祝鲍之言行极备，盖卫之君子也。卫之宋朝姿貌甚美，卫灵公夫人南子通之。孔子之意，盖为无祝鲍之才，而有宋朝之容，则取死之道，故曰"难乎免于今之世矣"。

仆友孙亚之自呼曰"雅"，朱耆卿自呼曰"刑"。或问：有故事乎？仆曰："孟施舍之养，勇也。"又曰："舍岂能为必胜哉？"注曰："施舍自言其名。"但曰舍，盖其好勇而气急也，恐起于此。

仆任夏县令，一日，会客于莲塘上，时苦蛙声。坐中有州官，乃长安人，以微言相戏，妄谓仆："南人食此也。"仆答曰："此是长安故事。"客曰："未闻也。"仆取《东方朔传》示之，客始伏。武帝欲籍阿城以南，盩厔以东，宜春以西，为上林苑，朔谏以谓：此地土宜姜芋，水多鼃鱼，贫者得以人给家足，无饥寒之忧。师古曰："鼃即'蛙'字，似虾蟆而小，长脚，盖人亦取食之。"

仆尝与陈子直、查仲本论"将无同"。仲本曰："此极易解，谓言至无处皆同也。"子直曰："不然。晋人谓将为初，初无同处，言各异也。"仆曰："请以唐时一事证之：霍王元轨与处士刘玄平为布衣交。或问王所长于平，曰：'王无所长。'问者不解，平曰：'人有所短，则见所长。'盖阮瞻之意，以谓有同则有异；今初无同，何况于异乎？此言为最妙，故当时谓之'三语掾'。"二子皆肯之。

扬州天长道中地名甘泉，有大古冢如山，未到三十里已见之，土人呼为"琉璃王冢"。按：广陵王胥，武帝子也，都于广陵。后至宣帝时，坐谋不轨，赐死，谥曰厉。后人误以刘厉为琉璃尔。汉制：天子、诸侯即位，即立太子，起陵冢，故能如此高大。胥虽以罪死，尚葬其中，故胥且死，谓太子霸曰："上遇我厚，今负之甚，我死骸骨当暴，幸而得葬，薄之无厚也。"旁有居民数十家，地名"甘泉"，恐或胥僭拟云。

文房四物见于传记者，若纸、笔、墨皆有据；至于砚，即不见之。

独前汉张彭祖少与上同砚席书。又薛宣思省吏职，下至笔砚，皆为设方略。盖古无"砚"字，古人诸事简易，凡研墨处必研，但可研处只为之尔，矛盾、蝌蚪载于前世，不若今世事事冗长，故只为之研，不谓之砚。然伍缉之《从征记》：孔子庙中有石砚一枚，乃夫子平生物。非经史，不足信。

荆公字解"妙"字云："为少为女，为无妄小女，即不以外伤内者也。"人多以此言为质，殊不知此乃郭象语也。《庄子》云："绰约若处子。"注云："处子不以外伤内。"公之言盖出于此。

退之以毛颖为中山人者，盖出于右军《经》云："唯赵国毫中用。"盖赵国平原广泽，无杂木，唯有细草，是以兔肥；肥则毫长而锐，此良笔也。

《孟子》云"有楚大夫于此，欲其子之齐语也"，又云"引而置之庄岳之间数年"。盖"庄岳"乃齐国繁会之地也，孟子在齐久，故知其处。今以《左传》考之，可见庄岳之地。襄公二十八年，齐乱，十一月丁亥，庆封"伐西门，弗克。伐北门，克之。入伐内宫，弗克。反陈于岳"。注云："岳，里名也。"哀公六年夏六月戊辰，陈乞、鲍牧以甲入于公宫。国夏、高张"乘如公，战于庄，败"。注云："庄，六轨之道也。"以最繁会，故可令学齐语，若今马行界身之类。

古以"右"为上，且以"左"相言之，谓非正相，如辅佐之"佐"耳。《左氏传》：薛宰之言"仲虺居薛，以为汤左相"。又"齐崔杼立景公而相之，庆封为左相"。盖伊尹者，汤之相也，而仲虺特辅佐伊尹耳，故曰左相。崔杼、庆封亦复如此。故汉孝惠时，王陵为右丞相；王陵既免，徙平为右丞相。文帝初立，周勃功高，陈平谢病。上"怪平病，问之。平曰：'高帝时，勃功不如臣；及诛诸吕，臣功不如勃。愿以相逊勃。'于是以太尉勃为右丞相，位第一；平为左丞相，位第二"。非独如此，周昌自御史大夫左迁为赵相，黄霸以财入官而府不与右职，与此同类。今人亦以降为左迁。

古人姓名有不可解者。文公十八年季文子云"高阳氏有才子八人"，注云："高阳，颛顼帝号也。八人，其苗裔。""苍舒、隤敳、梼戢、大临、龙降、庭坚、仲容、叔达"注云："此即垂、益、禹、皋陶之伦。庭坚，皋陶字也。"然有可疑者：文公五年，楚灭六、蓼，臧文仲闻六、蓼灭，曰："皋陶庭坚，不祀忽诸。"注云："六、蓼，皆皋陶后也。"且既云庭坚即皋陶字，则文仲不应既曰"皋陶"，又曰"庭坚"也。若据其意，则皋陶、庭坚又似两人。山谷老人名"庭坚"字"鲁直"，其义不可解。或云慕季文子之逐莒仆，故曰"鲁直"。

《唐史》载：崔湜执政时年三十八，常暮出端门，缓辔讽诗。张说见之，叹曰："文与位固可致，其年不可及也！"仆初读此，谓说之年迟暮，与湜相去绝矣。及以二人本传考之，相去才四岁尔。今按《宰相年表》：湜执政时乃景龙二年戊申，推而上之，生于咸亨二年之辛未。《张说传》称说开元十八年卒，年六十四。推而上之，乃生于乾封二年之丁卯；至景龙二年戊申，说才年四十二岁，而叹慕之如此，藉使宋广平见之，必无此语。广平常见萧至忠出太平公主第，谓至忠曰："非所望于萧傅。"非独不慕，且以为戒。

眉山苏氏《文集》有《权书》、《衡论》。《衡论》，世皆知出处，独《权书》人少知之。汉哀帝时，欲辞匈奴使不来朝，黄门郎扬雄上书谏曰："高皇后尝怒匈奴，群臣庭议，樊哙请以十万众横行匈奴中，季布曰：'哙可斩也！'于是大臣权书遗之。"注曰："以权道为书，顺辞以答之。""权书"之名盖出于此。衡取其平，权取其变；衡为一定之论，权乃变通之书。

柴慎微云：淮阴侯可谓忠矣，汉待之何其薄也。《赞》曰：天下既定，命韩信申军法。此乃信为淮阴侯在长安奉朝请时也。汉五年二月，汉王即皇帝位；六年十二月，执信于陈；十二年六月，伏诛。且信之在长安也。汉实囚之，而乃能为汉申军法，即其忠可知矣。盖汉实畏其能，故信卒不免。田肯有云"陛下已得韩信，又治关中"，则知此两事乃当时安危存亡之机。且信之声名，使人畏之如此，其不亡何待？

李百药父与友陆义等共读徐陵文，有"刘琅邪之稻"之语，叹不得其事。百药进曰："《春秋》'郳子藉稻'，杜预谓在琅邪。"客大惊，号奇童。今按：昭公十八年《传》"郳人藉稻"注云："郳，妘姓国也。其君自出藉稻，盖履行之。"昭公十八年经书"邾人入郳"注云："郳国，今琅邪开阳县也。"盖"籍"当呼为"典籍"之"籍",谓履行之而记其数也。周之六月,夏之四月,稻方生也,而徐陵以为刈,非矣。

《庄子》之疏,有可以一大笑者。《徐无鬼》语武侯相马曰:"直者中绳,曲者中钩,圆者中规,方者中矩。"谓马步骤回旋,中规矩钩绳也。故东野稷以御见庄公,进退中绳,左右旋中规,同一意也。《疏》乃以直为马齿,曲为马项,方为马头,圆为马眼。且世间岂有四方马头乎?故可以一大笑。

《唐中兴颂》云:"复复指期。"或云:以复两京,故曰复复。非也,此两字出《汉书》。今按:《匡衡传》云:"所更或不可行而复复之。"注云:"下复扶目反。"又"何武为九卿时,奏言宜置三公官,又与翟方进共奏罢刺史,更置州牧。后皆复复故"。注云:"依其旧也。下复扶目反。"盖上音服,下音福,谓复如故也。《唐中兴颂》宜亦如此读之。

"玉子纹楸一语饶,最宜檐雨竹萧萧。赢形暗去春泉长,拔势横来野火烧。守道还如周伏柱,鏖兵不羡霍嫖姚。得年七十更万日,与子期于局上销。"右杜牧之《赠国棋王逢》诗。或云此真赠国手诗也。棋贪必败,怯又无功。"赢形暗去",则不贪也;"猛势横来",则不怯也;"周伏柱"以喻不贪,"霍嫖姚"以喻不怯,故曰高棋诗也。魏收魏字阙收作牧。尝云:"棋于贪功之际,所得多矣。""七十更万日"者,牧之是时年四十二三,得至七十,犹有万日。

韩魏公父谏议大夫国华,尝仕于蜀。蜀中士人胡广李邦直撰《魏公行状》云:"公之所生母胡氏,蜀士人觉之女,追封秦国太夫人。"此云名广,误。善相术,见谏议,大奇之,曰:"是必生贵子,请纳女焉。"后谏议出守泉州,祥符元年戊申岁七月二日生魏公于泉州州宅。仆与韩氏交游,尝见谏议、胡夫人画像,皆奇伟,宜其生贵人也。世言魏公世居河朔,故其状貌奇伟,而有厚重之德。然生于泉州,故为人亦微任术数,深不可测,有闽之风,皆其土风然也。闻者以为然。

或问汉臣朝服,仆云:张敞议云:"敞备皂衣二十余年。"注云:"虽有五时服,至朝皆着皂衣。"又谷永书云:"擢之皂衣之吏,厕之净臣之末。"则知汉朝之服皆皂衣也。《周礼》衮冕九章,鷩冕七章,毳冕五章,希冕三章,元冕衣无文、裳刺黻而已。故曰:卿大夫之服。自元冕而下如孤之服,则皂衣者,乃周之卿大夫元冕也。汉之皂衣,盖本于此。

《金陵》诗云:"岁晚苍官才自保,日高青女尚横陈。""苍官"谓松也,"青女"谓霜也;言日高而松上霜犹不消也。"横陈"出《楞严经》,六欲界中云:"我无欲应女行事,当横陈时,味如嚼蜡。"以言道人处世间,虽有欲而无味也。盖荆公自谓如苍官自保,但青女横陈不能已耳。此言近于雅谑,殊有深意。

元城先生尝论及汉高帝功臣曰"屠狗贩缯之徒",呼"缯"字与"饧"相近,后检《汉·灌婴传》注,但云"帛之总名"而已。今按《韵略》:缯,慈陵切。注云:"帛也。增,咨登切。"则世人以缯为增,诚非也。《尚书》"厥篚玄纤缟"注云:"玄,黑缯也;缟,白缯也。"释音云:"似陵反。"《礼运》云:"瘗缯。"注云:"币帛曰缯。"释音"似仍反"。《左氏》:卫文公大帛之冠。注云:"大帛,厚缯。""缯,疾陵切。"《晋书·地理志》:"缯,才陵反。"以诸音义考之,当以疾陵为正。

许、洛之间极多奇士。宣和中,崔朝奉鹏德符监洛阳稻田公务。一日,送客于会节园。宦官容佐拘人会节,以为景华御苑,德符不知也。晚春,复骑瘠马,与老兵游园内,坐梅下哦诗,其间有曰:"去年白玉花,结子深枝间。少憩藉清影,低鬟啄微酸。"次日,佐入园,见地有马粪,知是崔朝奉。是时,府官事佐恐不及,而德符未尝谒之,因此劾奏擅入御苑作践,遂勒停。德符传食于诸人家,久之,敛钱复归阳翟。闻之田元邈云。

洛中士人张起宗字起宗,以教小童为生,居于会节园侧,年四十余。一日,行于内,前见有西来行李甚盛。问之,曰:"文枢密知成都回也。"侍姬皆骑马,锦绣兰麝,溢人眼鼻。起宗自叹曰:"我丙午生相远如此。"旁有瞽卜辄曰:"秀才,我与汝算命。"因与藉地,卜者出算子约百余布地上,几长丈余,凡关两时,曰:"好笑诸事不同。但三十年后,有某星临某所,两人皆同,当并案而食者九个月。"起宗后七十余岁,时文公亦居于洛。起宗视其所交游饮宴者,皆一时贵人,辄自疑曰:"余安得并案而食乎?"一日,公独游会节园,问其下曰:"吾适来,闻园侧教学者甚人?"对曰:"老张先生。"公曰:"请来。"及见,大喜,问其甲子，又与之同，因呼为会节先生。公每召客，必预；若赴人会，无先生则不往。公为主人，则拐于左；公为客，则拐于右。并案而食者，将及九月。公之子及甫知河阳府，公往视之。公所居私第地名东田，有小姬四人，谓之东田小蕣，共升大车随行。祖于城西，有伶人素不平之，因为口号曰："东田小蕣，已登油壁之车；会节先生，暂别玳筵之宴。"坐客微笑。自此潞公复归洛，不复召之矣。瞽卜之言异哉！闻之于司马文季。

　　苏秀道中有地名五木，出佳酒，故人以"五木"名之。然白乐天为杭州太守日，有诗序曰："钱湖州以箬下酒，李苏州以五酘酒相次寄到。"诗云："劳将箬下忘忧物，寄与江城爱酒翁。铛脚三州何处会，瓮头一盏几时同？倾如竹叶盈尊绿，饮作桃花上脸红。莫怪殷勤最相忆，曾陪西省与南宫。"仆尝以此问于仆之七舅氏，云："'酘'字与'杀'同意，乃今之羊羔儿酒也。详其诗意，当以五羔为之。以是酒名，故从'酉'云。乐天诗云'竹叶盈樽绿'，谓箬下酒，取竹有绿之意也。'桃花上面红'，谓五酘酒，取桃花五叶也。后人不知，转其名为五木，盖失之矣。"仆检韵中"酘"字乃窦同音，注云："重酿酒也。"恐"酘"难转而为"木"。

　　温公夏县私第在县宇之西北数十里，质朴而严洁，去市不远，如在山林中。厅事前有棣华斋，乃诸子弟肄业之所也。转斋而东，有柳坞，水四环之，待月亭及竹阁西东水亭也。巫咸榭乃附县城为之，正对巫咸山。后有赐阁，贮三朝所赐之书籍。诸处榜额皆公染指书，其法以第二指尖抵第一指头，指头上节微屈，染墨书之。字亦尺许大，如世所见"公生明"三字，惟巫咸榭字差大尔。园圃在宅之东，温公尝宿于阁下，东畔小阁侍吏惟一老仆。一更二点即令老仆先睡，看书至夜分，乃自掩火灭烛而睡。至五更初，公即自起，发烛点灯著述，夜夜如此。天明，即入宅起居其兄，且或坐于床前问劳，说毕即回阁下。

　　驸马都尉之名起于三国，故何晏尚魏公主，谓之驸马都尉。然不独官名以驸马给之，盖御马之副谓之驸马，从而给之示亲爱也。故杜预尚晋文帝妹高陆公主，至武帝践祚，拜镇南大将军，给追锋车第二驸马。且晏如傅粉，宜为禁脔。若预乃瘿如瓠尔，何至妻帝之女也。

始信前古帝婿惟择人材，不专以貌也。后世浸失此意，惜哉！

后汉以来方书中有五石散，又谓之寒食散。论者曰："服金石人不可食热物，服之则两热相激，故名谓之寒食。"则可知也。然《晋史》载裴秀服寒食散，当饮热酒而饮冷酒，薨，年四十八。据此，则又是不可饮冷物也。又问一名医，答云："食物则宜冷，而酒则宜热。"仆初不信，后读《千金方》第二十五卷："解五石毒，一切冷食，唯酒须令温。"然则《裴秀传》所谓"当饮热酒"亦非。

王元道尝言：《陕西于仙姑传》云："得道术，能不食，年约三十许，不知其实年也。"陕西提刑阳翟李熙民逸老，正直刚毅人也，闻人所传，甚异，乃往清平军自验之。既见道貌高古，不觉心服，因曰："欲献茶一盏，可乎？"姑曰："不食茶久矣，今勉强一啜。"既食少顷，垂两手出，玉雪如也；须臾，所食之茶从十指甲出，凝于地，色犹不变。逸老令就地刮取，且使尝之，香味如故，因大奇之。

绍兴六年夏，仆与年兄何元章会于钱塘江上。余因举东坡诗云："天外黑风吹海立，浙东飞雨过江来。"元章云："立字最为有力，乃水踊起之貌。老杜《二大礼赋》云：'九天之云下垂，四海之水欲立。'东坡之意，盖出于此。或者妄易'立'为'至'，只可一笑。"

历代笔记小说大观总目

汉魏六朝

西京杂记(外五种) ［汉］刘歆 等撰　王根林 校点

博物志(外七种) ［晋］张华 等撰　王根林 等校点

拾遗记(外三种) ［前秦］王嘉 等撰　王根林 等校点

搜神记·搜神后记 ［晋］干宝 陶潜 撰　曹光甫 王根林 校点

世说新语 ［南朝宋］刘义庆 撰 ［梁］刘孝标注　王根林 标点

唐五代

朝野佥载·云溪友议 ［唐］张鷟 范摅 撰　恒鹤 阳羡生 校点

教坊记(外七种) ［唐］崔令钦 等撰　曹中孚 等校点

大唐新语(外五种) ［唐］刘肃 等撰　恒鹤 等校点

玄怪录·续玄怪录 ［唐］牛僧孺 李复言 撰　田松青 校点

次柳氏旧闻(外七种) ［唐］李德裕 等撰　丁如明 等校点

酉阳杂俎 ［唐］段成式 撰　曹中孚 校点

宣室志·裴铏传奇 ［唐］张读 裴铏 撰　萧逸 田松青 校点

唐摭言 ［五代］王定保 撰　阳羡生 校点

开元天宝遗事(外七种) ［五代］王仁裕 等撰　丁如明 等校点

北梦琐言 ［五代］孙光宪 撰　林艾园 校点

宋元

清异录·江淮异人录 ［宋］陶毂 吴淑 撰　孔一 校点

稽神录·睽车志 ［宋］徐铉 郭象 撰　傅成 李梦生 校点

困学纪闻 [宋]王应麟 撰 栾保群 田松青 校点

齐东野语 [宋]周密 撰 黄益元 校点

癸辛杂识 [宋]周密 撰 王根林 校点

归潜志·乐郊私语 [金]刘祁 [元]姚桐寿 撰 黄益元 李梦生 校点

山居新语·至正直记 [元]杨瑀 孔齐 撰 李梦生 庄葳 郭群一 校点

南村辍耕录 [元]陶宗仪 撰 李梦生 校点

明代

草木子(外三种) [明]叶子奇 等撰 吴东昆 等校点

双槐岁钞 [明]黄瑜 撰 王岚 校点

菽园杂记 [明]陆容 撰 李健莉 校点

庚巳编·今言类编 [明]陆粲 郑晓 撰 马镛 杨晓波 校点

四友斋丛说 [明]何良俊 撰 李剑雄 校点

客座赘语 [明]顾起元 撰 孔一 校点

五杂组 [明]谢肇淛 撰 傅成 校点

万历野获编 [明]沈德符 撰 杨万里 校点

涌幢小品 [明]朱国祯 撰 王根林 校点

清代

筠廊偶笔 二笔·在园杂志 [清]宋荦 刘廷玑 撰 蒋文仙 吴法源 校点

虞初新志 [清]张潮 辑 王根林 校点

坚瓠集 [清]褚人获 辑撰 李梦生 校点

柳南随笔 续笔 [清]王应奎 撰 以柔 校点

子不语 [清]袁枚 撰 申孟 甘林 校点

阅微草堂笔记 [清]纪昀 撰 汪贤度 校点

茶余客话 [清]阮葵生 撰 李保民 校点